那群外星攻一点也不好吃！

THOSE ALIENS TASTE NOT GOOD AT ALL

蜂 蜜 黑 王 子

第一章 據說綠芥蟲書店比較便宜

THOSE ALIENS TASTE NOT GOOD AT ALL

「荼毒無數生靈、破壞地球環境、殘忍殺害人類，就是那些被稱為『異行者』的生物。他們不是地球上的生物，來源尚且未知，且目前還不知道對付他們的方法……」講台上的地球防衛學老師，彈頭先生，在黑板上寫下了「異行者」三個大字，光筆的軌跡有點歪扭。

「所以，現下對我們來說，最重要的是團結合作。團結合作！不捨棄我們的任何一個同胞，扶助弱小，不向惡勢力低頭……」

轟隆轟隆，遠方傳來一陣爆炸聲。

教室桌椅震動，黑板喀啦喀啦作響，灰塵如雪片飄落，各色光筆掉了一地，講台前的老師以光速消失無蹤，只剩走廊盡頭閃亮的背影。

嗡——嗡——

警笛響徹雲霄，然後又是一陣爆炸。

校內緊急廣播系統自動開啟：「異行者入侵，異行者入侵，請同學盡速前往地下避難室——異行者入侵，異行者入侵，請同學盡速前往地下避難室——」

據說綠芥蟲書店比較便宜

大約是聽到廣播才想起來，我們的地球防衛學老師，彈頭先生，重新出現在教室門口，咳嗽了幾聲：「呃，咳咳……那個，老師剛剛突然尿急……呃……咳咳！總之，同學們快去地下避難室集合！團結合作！不捨棄我們的任何一個同胞，扶助弱小，不向惡勢力低頭……」彈頭先生越講越小聲，最後以一連串的咳嗽作結。

此時，我們已經整齊地在教室裡列隊，準備走出教室到地下避難室集合，彈頭先生卻擋在教室門口。

彈頭先生也終於發現了這點，又尷尬地咳了一陣，才從教室門口讓開。

「這是今年第幾次了？」前往避難室的途中，前面的同學開始討論。

「第二次吧。」手榴彈回答。他的綽號會叫手榴彈，是因為他總是在頭上戴著詭異的、金屬栓般的裝飾品。

「希望這次不要像上次一樣，炸到我家附近那間書店。它好不容易才重新開張，而且今天是《廢物學園》第七集的發行日。至少要等我買到之後再被炸掉。」七仔說。他會叫七仔，是因為他的額頭上寫著七仔兩個大字。

「你家附近那間書店？玫瑰怪物書店？」手榴彈問。

「對啊。全館九折耶。」

「其實綠芥蟲書店比較便宜，全館八五折。」

「還是讓玫瑰怪物書店被炸爛好了。」

全班已經站在大型電梯前，叮，電梯門開了，全班四十多個人站進去還嫌太寬敞。

我則在走廊尾端時就脫隊了，走下樓梯，到一樓川堂我的鞋櫃前，換下室內鞋，揹好書包，走出校門。

學校空蕩蕩的，街道也空蕩蕩的，所有人都去避難了。

我跳上一邊住戶的圍牆，勘察了一下地形。嗯，西區被炸毀了，不過幸好沒炸到邊界上的莓果C飲料店。北區有遭到流彈（或說流建築物碎塊）破壞，不過沒有很嚴重，至少沒炸到八十山風冷飲站。

總之，這些小破壞都沒有阻礙到我前往CUP★LID（杯★蓋）的路程。

站在高處比較好掌握情況，所以我沒有從圍牆上跳下來，就這樣走過了一面牆接著一面牆。

繞過了幾個轉角和幾根電線杆，穿過了三個街區，我總算抵達了CUP★LID。

亮粉紅色的機器，上面寫著可愛的CUP★LID幾個大字，螢幕上是閃動的彩色電子圖片選單。我拿出錢包。

嗯，拿鐵可可碎片，鮮奶油巴奇，抹茶紅豆加黑糖麻糬蛋，蜂蜜雪莓，牛奶酪梨，巧克力橙汁，還是優酪餅乾碎片好呢？

背後飛過一塊流彈，炸毀左後方的炸物店。

考慮了很久我還是決定選蜂蜜雪莓。沒錯，這種名字很怪的新口味，通常很快就會消失，所以我得趁現在多喝幾次才明智。

我拿出電子卡，放在感應區，按下粉色飲料下方的按鈕。

右後方的大樓應聲倒塌，掀起一陣強風和粉塵。

機器掉下了一個透明塑膠杯，接著是一陣嗡嗡聲。粉紅色的液體灌滿塑膠杯，接著降下一堆彩色星星形狀的椰果，最後是擠上方格狀蜂蜜的粉白色奶泡。

叩咚，落下一個有圓孔的半球體透明杯蓋，穩妥地蓋住杯口。一根黃色造型吸管落下。

轟！一塊巨大水泥塊剛巧落在粉紅機器後方，地面震動。

叩咚，粉紅機器晃動之下又掉出一個杯蓋。

我皺眉看著多了一個的杯蓋，抓起它放到一邊，打算留給下一個或許會需要的人。

抓起冰涼的飲料，喝了一口。

嗯，新口味並沒有那麼糟，其實很不錯喝，夠甜。

站到機器後方，敲了敲上方的星形圖案。嗡，機體上出現一只數字鍵盤，我輸入了一串密碼。

嗡，四周景色一晃，我已經出現在高空一千尺的CUP★LID司令部了。

第二章　杯★蓋司令部

THOSE ALIENS TASTE NOT GOOD AT ALL

「我說老哥，你好慢啊！」坐在司令席的總司令怒拍桌。她有著一頭長長的黑捲髮，用星形髮飾整齊地綁成馬尾，和一雙紅色的眼睛。

生理上而言，她是我妹妹。職場上而言，她是我上司。

「路上遇到了點小狀況，耽擱了一些時間。」我穿上旁人遞來的 CUP ★ LID 制服外套，亮粉色的軍裝真的刺眼到極點。

我的妹妹冷哼一聲。「狀況？你是指被飲料機吸引？」

「那的確是比較通俗的說法。」我點點頭。

「這裡有很多台販賣機啊！還是免費供應！你幹嘛一定要在下面買啊？」她又拍桌。

我很懷疑 CUP ★ LID 這麼龐大的開銷是不是有九成都在汰換新桌子。

「這樣在上來的路途中可以喝。」我又喝了一口。

「你被送上來的路程是幾秒？」她額上青筋跳動。

我想了一下。「零點七四秒。」

「嗯，標準數值。」她點點頭。然後又拍桌。「你連零點七四秒都忍不了嗎？！」

「忍不了。」

我的妹妹，八零一．德古拉，CUP★LID的總司令，深深吸了一口氣，深深吐了一口氣，揉了揉額頭兩側。

「總司令，要不要喝杯茶？」她的輔佐官問道。她是個怪人，有著一頭灰色短髮，和一雙黃色眼睛。

「還是給我一杯咖啡好了。」我的妹妹，八零一．德古拉——我通常叫她小八——邊揉眉心邊說。

我坐到我的位置上。司令部前方的大螢幕，是關於這次大破壞的影像，以及廢墟中央的一個黑衣人。看來那就是這次的異行者。

司令部加我有十個人，總司令、輔佐官，和我以及我的七個同事。這十個人裡面，女生就佔了八個，男的除了我之外只有另一個，還是個八十七歲的鬍子拖地老頭。

我們這八個人負責投票和討論，簡而言之應該就是所謂的智囊團。

「這次的比較難對付。」小八說。

「難對付？」我問。

「黑針種，代號『蜂蜜』。破壞指數高達九八二。」

「印象中，兩年前不是有一個破壞指數一零九三的嗎？」我皺起眉。

「這次的不一樣。」小八沉重地道，「我們派出的第六個牙印也遭到拒絕。」

我眨了眨眼。坐在我旁邊的鬍子拖地老頭呵呵笑。我們通常都叫他「老頭」。

現在還是來個簡單的介紹好了。總之，異行者就是不小心掉到我們空間裡的異空間生物，說是外星人也可以。而應對方法，對外宣稱雖是「找不到應對方法」，其實還是有個應對方法的——就是靠我和小八這種「牙印」，來封印他們的異能力，讓他們變得跟普通人類差不多。

而「牙印」，就某方面而言可以說是吸血鬼，據爸媽說我和小八的祖先就是大名鼎鼎的那個德古拉，不過我不怎麼相信就是了。

事實上，我們不怎麼稱自己為吸血鬼，因為聽起來很詭異，而且我們不怕陽光不怕十字架，到了現在甚至不怎麼需要喝血，除了紅眼睛和再生能力強了一點之外，和普通人類沒什麼差別。我們被稱為「牙印」或「紅眼人」。

之所以稱為「牙印」，是因為我們能用牙齒封印那些異行者的能力——但那些異行者必須出於自願被咬。

所以，就出現了CUP★LID這個類似地球防衛總部的組織。

這個組織裡不是所有人都是牙印，其實大部分都是人類。只有要被派出去封印異行者的才是牙印。目前我們只有七位出任的牙印——不包含我和小八，我是智囊團，小八是總司令，無須親陷敵陣。牙印的人數非常非常少，在現今應該算很珍貴的種族，全世界的牙印據說不超過二位數。

在這裡的七位出任牙印都是女性，訓練有素又儀表美麗的女性。為什麼都是女性呢？因為會出現在這裡的異行者都是男性。這些異行者們有著相近於人類的外表，而且通常都帥到掉渣，讓人恨不得用加農砲給他炸個三百回。

而封印他們的方法，就很像戀愛遊戲中「給他提升好感度再咬下去」這樣。可能是因為這方法太智障，才不敢對外公開，一直宣稱「找不到應對方法」。

CUP★LID的完整寫法是「Couple Universe Producer★Love In Dimension」（戀人宇宙製造組織★次元之愛）。其實這個組織原本真的是製造戀愛遊戲的（最出名的一款遊戲就叫Couple Universe戀人宇宙，簡稱CPU），後來越發展越龐大，又接手了飲料開發，到最後剛好能發展所長，就成了地球防衛組織。

這就是為什麼必須找美女牙印來了。據說我們還有一筆非常龐大的金費是專門給那些出任牙印護膚、保養、按摩、泡SPA、買衣服化妝品，甚至整形整到爽的。既然異行者長得和人類相似，用美女的成功機率自然提升很多。

而這次，這個代號「蜂蜜」的傢伙，竟然連續拒絕了六個出任牙印？我的天，那這傢伙不該被加農砲炸三百回，應該要加農砲給他炸個六千回才行。

太浪費了、太浪費了！六個牙印，六個極品美女牙印！竟然讓他一次拒絕了六個！我幾乎快暈倒，只好一直喝手中的牛奶酪梨（蜂蜜雪莓已經喝完了），旁邊的老頭呵呵笑了幾聲。

現在派出了第七個——也是我們目前僅有的最後一個出任牙印。

那名牙印的代號是「百合」。人如其名，她有著一頭奶白色的長髮，白晰如凝脂的肌膚，與一雙清澈如翡翠的綠眼（原本是牙印的紅眼，戴了隱形眼鏡）。她的笑容甜美如春風，嗓音清澈如歌，遇到一百個男人保證一百個男人都無法拒絕，如果她靦腆地問「我可以一次劈四腿嗎」，保證所有男人都會先噴鼻血直點頭，回家後才會吐血吐到死。

目前「百合」的戰敗紀錄可是零，基本上是我們CUP★LID的最大紅牌……不，王牌。

我倒要看看，這個跩到爆的「蜂蜜」，要如何拒絕我們最大紅牌……不，王牌的無辜攻勢。

此時，百合已經出場了。前方大螢幕上，可以看見她穿著一襲和頭髮襯合的白色連身裙。連身裙的長度非常完美，正好在膝上十公分左右，既不會太短，又會在風起時讓人有無限遐思。她踏著一雙楔形鞋，白色綁帶一直延伸到膝下。她戴著一頂白色寬邊淑女帽，上面飾有清純的緞帶與百合裝飾。

在帽子下方，是那張精雕細琢的漂亮臉孔，看起來脂粉未施，不過據小八所說那似乎是上了「裸體裝」還是「赤裸妝」什麼的，總之看起來就是出水芙蓉未施脂粉渾然天成的美臉一張。唯一醒目的，是上了淡色唇膏的雙唇，看起來就像玫瑰花瓣一般誘人。

她踏著廢墟走到異行者面前，就像踏著湖面一般，步履輕盈優美，配上微風與純白裙裝，有如下凡的女神，只可遠觀而不可褻玩焉！

我的天！光是這樣走出來，大概一百個男人就有九十九個會直接跪下膜拜只求被那纖足一踩，而唯一沒有跪下的那個男人是個盲人！

畫面上出現了異行者的特寫。哦，還真的給他帥到爆。這已經不是用加農砲給他炸三百回的級別，而是用加農砲給他炸個八百回的級別了。

黑長髮，深刻的五官，鼻梁高挺，薄唇性感，皮膚蒼白，尤其是那雙深邃的眼眸，纖長的睫毛，深黃色如蜂蜜的虹膜，透出冷漠與凜然。真的是帥到掉渣的討人厭黑針種。

畫面傳來異行者的聲音：「這次，又是誰？」哦，天，連聲音都這麼低沉渾厚富磁性餘韻無窮如醇酒。

司令部的主機傳來一陣計算聲，接著，大螢幕上出現了三個選項：

①在你面前，我的名字已不再重要。

②我一直在等待你的出現。

③你可以叫我小百合喲❤

「好了，開始選吧！」小八朝底下的八個智囊團喊道。

我看著三個選項，開始努力思考。嗯，可以先把③除掉。畢竟③根本不合小百合……不，百合的個性，而且感覺像個裝熟裝可愛的膚淺年輕女孩。現在就剩①和②……這兩個選項都有種神祕感，彷彿接下來會發展成「出現在面前的神祕美少女★少年肩負拯救世界的使命？」這種老梗狗血但又百年經典的劇情發展。

那到底是該①好，還是②好呢？選擇時間只有三秒，在最後一刻，我拍向我桌面上的第二個按鈕。

大螢幕上出現了統計結果圓餅圖，①佔百分之三七點五，②佔百分之五十，③佔了百分之十二點五，意思是①三票②四票③一票。

「誰選三的？」小八問。

「呵呵呵。」老頭顫巍巍地舉起手。

「好，那我們就決定是二吧。」小八下令。

百合接到命令，神情立刻變得深情，且綠色雙眸中透出無盡的憂傷與依戀。她輕啟玫瑰花瓣般的柔軟雙唇，用玻璃風鈴般清澈細緻卻又春風般柔和的嗓音道：「我……一直在等待你的出現。」

異行者皺起眉，表情看看起來有點疑惑。

百合只是深情款款地看著他。

就在此時，一陣風吹來。沒抓好帽子，百合驚呼了聲，綠眸中盈了柔弱的水光：「啊，我的帽子……」

出現了！竟然這麼快就出現了！百合的大絕招，「啊我的帽子」！看來這次的對手果然不好對付，百合竟然上場不到三十秒就放大絕！

一旁也傳來智囊團六位女性的驚呼。

「出現了！」

「這就是傳說中的『啊我的帽子』！」

「我的天，親眼看見了！這殺傷力真的不一般啊！」

「原來這就是『啊我的帽子』！」

「有了『啊我的帽子』，難怪百合會是這裡最大的紅牌……不，王牌！」

「我有生之年竟然能看見這傳說中的絕招……」

感嘆聲、讚嘆聲、感動聲，看樣子就連女性也會對「啊我的帽子」為之傾倒。看見百合這招大絕的異行者，沒有一個能逃過她那雙水光瀲灩的無辜眼眸。往往不是立即飛身去替她抓回帽子，就是直接握住她的手跟她求婚。

哼哼，不知道這次的異行者會是哪一種呢？抓帽派還是求婚派？

司令部此時已經開啟了賭盤，抓帽派和求婚派各據一方，賭得不可開交。

「喂，吸管！你賭哪一邊？」虎皮大姐問道。

「嗯，我想想……」我搔了搔臉頰。「求婚好了。」這異行者看起來這麼跩，內心應該很澎湃洶湧，一激動起來可能會直接求婚吧。

「又一個賭求婚！來喔來喔，快下注！目前賠率 2.37 啊！」虎皮大姐吆喝道。

在司令部鬧騰，陷入一片已經打勝仗的歡樂氣氛時，螢幕卻突然傳來一陣爆炸聲。

所有人都安靜下來，虎皮大姐愣愣盯著螢幕。

螢幕裡，異行者舉著墨黑長槍，百合則早已被炸到了一百公尺外，腰際爛了一半，但還活著，這種傷對牙印來說不算重傷，可以看見她的傷口處已經止血，正在癒合。

率先打破靜默的是小八。她嚴肅地抓起對講機：「回收百合，動作快。」

「怎……怎麼可能……」虎皮大姐愣愣看著螢幕。

「呵呵呵。」鬍子拖地老頭笑。

「百合竟然失敗了……」

「那個百合……勝率百分之百的百合……」

「現在該怎麼辦？我們已經沒有出任牙印了……」

「這個代號蜂蜜的傢伙根本不是無口電波系，是變態鬼畜系吧？」

「難不成要放任這個異行者毀滅世界？天啊！」

智囊團陷入一陣慌亂。

「安靜。」小八冷冷下令。

司令部又陷入一片寂靜，智囊團用無助的目光看著他們的總司令，像是一群迷途的羔羊等待救贖。

「這裡的牙印不是只有她們七個。」小八道。

智囊團恍然大悟，我也恍然大悟，所有人都恍然大悟地看著小八。

「總司令，難不成您終於要獻身……不對，獻吻……不對，出任了嗎？」兔毛面露期待之色。她有著一雙閃亮的大眼，以及一頭及肩的淺粉色頭髮。

「天啊！總司令第一次下海……不對，出任耶！」狐裘歡呼。

「世界有救了！」鵝絨道。

此時，小八涼涼道：「誰說我要出任了？」

「啊？」智囊團愣住。

「要是我出場，肯定會想一腳踩爆那傢伙的腦袋，反而激怒他，進而促使他毀滅世界，你們覺得這樣的發展好嗎？」小八挑眉。

所有人瘋狂搖頭。

「但……但是，總司令，如果您不出任……那……那我們到底該怎麼辦？就這樣放任那個怪物亂跑嗎？」虎皮大姐指著大螢幕上，被防衛部從空中瘋狂掃射，卻仍然毫髮未損的異行者。

「我不是說了嗎？這裡的牙印又不是只有我一個。」小八露出微笑。

嗯？難不成這裡還有哪個女的是深藏不露的牙印？有可能是小八的輔佐官，那個灰短髮女真的有夠怪，很可能戴了黃色隱形眼鏡遮住她的紅眼。對，沒錯，就是那傢伙吧！我看向輔佐官，沒想到她也看向我。哈哈，知道被我發現了，所以緊張地看我，要我不要說出去嗎？

嗯？奇怪，怎麼連智囊團也看著我？呃？小八也看著我……不懷好意地看著我，嘴角掛著實在不是一個國中女生有辦法露出的險惡猥瑣笑容。

「幹、幹嘛？」我突然覺得毛骨悚然，往後退了一步。

「哥、哥❤」小八收起猥瑣笑容，笑得甜美無辜。

妳、妳這不是能演得很好嗎？就頂著這表情到異行者面前就好啦！

「怎怎怎麼了？親愛的妹妹。」我看著小八，嚥了口唾沫。

「拯救世界就交給你了。」

她微笑，舉起一件短裙水手服。

……幹。

第三章　從天而降的外星美男不可能是基佬

THOSE ALIENS TASTE NOT GOOD AT ALL

世界上有很多種妹妹，可愛妹妹，嬌羞妹妹，霸道妹妹，小蘿莉妹妹，據說是都市傳說的傲嬌妹妹……各種各樣的妹妹。而把哥哥賣了還淫笑著數錢的妹妹，恐怕全宇宙只有一個。偏偏那一個剛好就是我的妹妹。

「呼呼呼，哥哥，不錯喔。很適合你。」耳機傳來小八的聲音。

「……去死。」我回道。

我在幾乎被夷為平地的城市廢墟上走著，拚命把裙子往下拉。這裙子真該死的短，而且涼得不像話，感覺風一吹就會整件飛走，不知道那些女高中生是怎麼每天把這種東西穿在身上的。

幸好襪子比較長，有到膝蓋下。但是該死的，裙子短襪子半長不短是有屁用喔？再怎麼樣這種襪子也遮不住內褲啊！

我緊緊拉住裙子，以免風一吹就走光。不知道那些女高中生是怎麼穿著這種裙子也能走得那麼豪放風光的，我下回真該去和她們指教指教……不，這樣只會被當成變態吧。

「哥哥，你再這樣拉，小心把整件裙子拉掉喔。」小八道。

我趕緊停手，不再用力向下拉，轉為抓著固定住不動。

這是一件白上衣、藍百褶裙的標準款水手服，就是裙子給他短得像情趣商品罷了。

接近目標所在地，我深吸了一口氣，在屏障物後面躲好。

「怎麼啦？快去啊，老哥。」小八道。

「小八，妳想想，前面七個都被他打槍了，而且七個都是極品美女……我這種穿著女裝的男子漢，不被他分屍才怪。」

「你放心，老哥，你本來就看起來一點都不像男子漢。」

幹。

「就是說啊！」另一陣嗓音響起，聽起來是虎皮大姐，「吸管，你看起來超適合的耶。手腳細，皮膚白，柔軟的淺棕色頭髮……我的天，你這傢伙真的是男人嗎？」

「虎姐，他看起來比妳還像女人耶！」兔毛的聲音。

「砰！滋──滋……」耳機響起一陣雜音。

「啊啊，總之，你放心去吧。」小八的聲音響起，「如果你快掛了，我們會緊急把你傳送回來的。」

「好吧，可別讓我這副模樣戰死沙場，這樣我作鬼也會天天糾纏妳。」我回道。

「吸血鬼掛了還能再變成鬼喔？這樣不是很不公平嗎？」這次是狐裘。

「……」我只能沉默。

「好啦，總之你就放心的去吧。」小八道。

我深深吸了口氣，再深深吐了口氣，硬著頭皮走出屏障物去挨刀子。

那名異行者果然已經注意到這裡了，就算我不抬高腦袋，也能感覺到他的視線。可惡，小八啊！妳哥哥要給妳害死啦！妳最好準備最豪華的棺材啊！

我繼續向前走，等著走到一半被異行者的黑長槍炸飛。心驚膽跳步履艱難抓著短裙走了好長一段路，我竟然真的走到異行者面前，沒有被他炸飛。

好，他大概是被我這身裝扮嚇呆，忘了要炸飛我吧。看來這身裝扮多少還有點作用……不對，通常這種情況，當對方回過神來後，會用一百倍的怒氣把我炸飛啊！

我嘴角抽搐，欲哭無淚。

不可能不可能不可能，這不可能成功的……我一定下一秒就會被炸飛。

「你是男的吧？為什麼穿著女裝？」前方響起了異行者低沉又有磁性的嗓音。

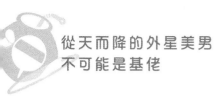

我抬起頭，嚇了一大跳，因為對方不知何時竟前進了一些。原本我們兩個之間相隔大約十步，現下他竟站在我面前三步遠。

異行者穿著一身飾有黃色荊棘紋路的黑色套服，左肩是黑色金屬製的護甲，手中拿著一柄不知道是什麼礦物製成的黑色長槍，前端的銳利槍首鑲著一枚蜂蜜色寶石。他一頭黑髮用一種類似黑色荊棘的飾品束在腦後，乍看之下像頂黑色王冠。

他蒼白的面容，近看顯得更加俊美，要形容程度的話，大概就是會讓蒼蠅上吊自殺的那種。他的瞳孔很特別，在虹膜裡形成一個標靶般的同心圓，這雙深黃如蜂蜜的眼睛就這麼看著我。

「喔——喔——」耳機傳來那群該死女人的聲音，以及老頭的呵呵笑聲。

不過一秒，我右眼的透明電子隱形眼鏡傳來了影像，是這次的選項分析結果：

①因為人家喜歡嘛。

②又……又不是我喜歡才穿的！這……這是被逼的啦！

③為了要穿給你看啊❤

哦，幹！這是什麼選項！娘砲到極點啊！

接下來，耳機傳來了小八的聲音：「投票結果出來了。果然第三個『為了要穿給你看啊』……」

什麼？！第三個？！那群傢伙根本是想整我吧！為什麼是第三個？哦！第二個都比第三個好啊！

我咬牙。好吧，不過這個總比①好。如果要我選①，我還不如咬舌自盡……選①根本變態啊！好，人在沙場不得不戰，蛙在蛇前只能說幹，總之……老子就硬著頭皮上吧！當唸劇本也好啊！

「這是……為……為了要穿給你看啊。」我扯動嘴角，想必露出了一個扭曲至極的詭異表情。

耳機傳來一陣驚呼。

「呃……吸管，你反應太快了……我話還沒說完……」小八遲疑地道，「我要說的是果然第三個『為了要穿給你看啊』只佔百分之十二點五所以不行，只能選第二個了……」

哦幹！妳這是什麼倒敘法啊！幹嘛不一開始就說「選第二個」！根本要我啊！現在我已經說了是該怎麼辦啊！肯定被砍成肉醬滋潤這片乾涸的土地啊！

我嘴角抽搐，等著自己被劈成兩半……不，一百半。

「為什麼？」前方卻傳來異行者的嗓音。

我愣了愣，抬頭看向他。就見他用那雙深邃的蜂蜜色眼睛看著我，表情困惑卻又專注。

「什、什麼？」我不禁脫口而出。

「為什麼是穿給我看？」他又問，眉頭微微蹙起。

耳機傳來一陣激動的叫聲和歡呼聲，還有人道：「沒想到這傢伙要的是直球啊！這年頭這種男人已經很少了！」

「吸管，幹得好啊。」小八讚許道。「他的好感度破蛋了，提升了百分之一喔。」

這到底是怎麼回事？總之我還沒被砍就對了吧？

隱形眼鏡又傳來了選項：

① 因為你是我失散多年的弟弟。

② 我對你一見鐘情。

③ 因為我想跟你出去約會。

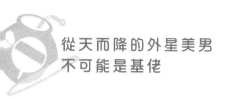

多麼可愛的選項啊！三個裡面沒有一個是正常對話啊。失散多年的弟弟是鬧哪樣啊！我最好有黑髮黃眼啦！一見鐘情跟約會又是鬧哪樣啊！我是直男啊！多希望這是要對小百合說的啊！對這個黑衣男說是怎樣啦！

「吸管，選三。」耳機傳來小八的命令。

三？約會？不不不！你們在想什麼啊！不可能不可能不可能，這根本不可能成功啊！這傢伙再怎麼說也是男性異行者啊！

「還等什麼？這次很明確地下令了吧？選三。」小八不耐煩地道。

我深深吸了口氣，露出僵硬到極點的假笑，抬頭對異行者道：「因……因為我想跟你出去約會啊……」

異行者皺起眉。「約會？一種武器？」

我愣了愣。

「不不不，約會就是……呃……兩個人一起出去玩得很開心。」我解釋道。

「你想跟我一起出去玩得很開心？」異行者反問。

我嘴角抽搐，抱著壯士斷腕的覺悟，露出一個此生最燦爛的假笑：「是的！可以這麼說。」

異行者看著我，眼睛似乎睜大了點，沒什麼表情，也沒有皺眉。

「哥，小心！」小八突然喊道，「左邊有爆破反應……」

我還來不及應對，就聽見一陣爆破巨響。我只覺得天旋地轉，全身骨頭都快散架。

★

我醒來時，看見上方是一張臉，有著粉紅色頭髮和桃紅色眼睛的少女的臉。我認得這張臉，那是醫護官，我都叫她粉紅頭。

想坐起身，我卻感覺一陣劇痛，不禁悶哼出聲。

「喂，先別起來，你的傷口還沒癒合好啊。內臟掉滿地可就不太好了……雖然我會很開心就是了✚嘻嘻嘻……」粉紅頭笑道。

「到底是……」我艱難地問道。

小八掀開白簾，走了過來。

「那群抵禦部的白痴，在那裡留了顆定時炸彈，妄想能憑那顆小葡萄仔兒炸死那個異行者……那顆炸彈連你也炸不死，他們真的太異想天開了。」小八邊翻白眼邊解釋。

「異行者呢？」我問。

「爆炸後就消失了。不是又掉到哪個異空間去，就是躲在某處沒出來。」

「是嗎……」我不禁鬆了口氣。哦，終於結束了，這場噩夢終於結束了！我該死的再也不要穿上女裝，和一個男人談情說愛。

「不過，為了以防萬一，你還是把這耳機帶著吧。」小八把出任時的小型無線耳機還給我。

「以防萬一……？以防什麼萬一？」

「各種萬一。總之，有所準備總比較好。」

我接下耳機，坐起身，想將它塞進口袋……哦，天！我怎麼還穿著水手服！這麼一嚇，我幾乎快暈倒，傷口又痛了起來。

「你的衣服在這裡喲。」粉紅頭笑嘻嘻地把我的制服還給我。

「那就這樣了，我先去處理後續狀況。」小八轉身走出醫護室。

沒走幾步，她卻停下腳步，回頭道：「哥，謝謝你啦！今天的晚飯就交給我吧。」

語畢，她走出醫護室。

「小八……」我看著她越來越遠的背影。

妳煮的飯……根本不能吃啊……

第四章　胃藥的副作用包含幻覺嗎？

THOSE ALIENS TASTE NOT GOOD AT ALL

「唉——啊……」下課鈴聲一響起，我就趴到桌面上去。

「小管，你怎麼啦？」砂金坐到我隔壁桌上。他有著一頭略長的金髮，額前一部分的瀏海往後夾，耳朵上戴了不少耳環。「怎麼我才一天沒來上課，你就變成這樣？」他半開玩笑地道。

「不只一天吧……」我反駁道，把臉頰拔離桌面。「昨天的晚餐啊……」

「小八煮的？」砂金挑眉。

我回他一個苦笑。

當然，還加上昨天被炸飛，還有穿女裝這些三重打擊。經過這些打擊，我還能準時來學校上課，還真不是普通的厲害啊。

哪像砂金這傢伙，天天遲到不說，還常常翹課，不是上午消失，就是下午消失，不然就是全天消失，也不知道是在忙什麼，問他他也只回答「到處閒晃」。

不過班上的女生倒是在傳他是去和別校的人打架什麼的，大概是因為那些耳環、頭髮的長度和天天翹課讓他感覺很像不良少年……不，天天翹課基本上就是不良少年了吧？

他住在我家附近，和我、小八從小就認識，也知道我們是牙印的事。不過，他只知道我們的「種族」是牙印，不知道我們的主要工作。如果他知道我昨天為了拯救世界犧牲小我穿上女裝不知道會有什麼反應？應該會笑翻吧。

「下一堂是什麼課啊？」我有氣無力地問道。

「你覺得我會知道嗎？」他攤手。

「不覺得。」

「我也想這麼說，不過……嘿！下一堂是建設學。」砂金道。

「你竟然知道下一堂是什麼課？」我大驚。

「剛剛手榴彈他們剛好在討論。」砂金聳聳肩。「聽說會有小考。」

建設學？小考？哦，我的天，這麼說來好像是有這麼一回事。該死，我完蛋了。

「唉——啊——高中生上什麼建設學啊？真是怪透了。」我抱怨道，又趴回桌面。

「大概是因為那些異行者破壞太多建築物了吧，重建人手不足啊。」砂金又聳聳肩。

「這麼說也對……」我咕噥道。

胃藥的副作用包含幻覺嗎？

「嘿，今天放學要不要去吃個東西？聽說東B區的凡．海爾餐廳不錯吃。」

「哦，好啊。」凡．海爾餐廳？沒聽過……新開的吧？聽起來挺有格調的。

上課鐘聲響起。

哦，該死的建築學開始了。我們的建築學老師——也是我們的導師，長得就像建築——還是快要倒塌的那種。又因為他名字裡有個「建」，所以我們私下都稱他叫「違建」。

砂金走出教室到屋頂翹課，違建走進教室。他連講台都還沒踏上，就開始發小考考卷。一拿到考卷，我差點暈倒。

該死！誰會知道十九世紀的拉錫恩堡教堂用的建材是生石灰砂漿還是熟砂石？形抗結構和華福樓版又是什麼？量子穿隧效應到底是啥鬼啊！

我的腦筋一片空白。等到我回過神時，考卷已經被收走了。我甚至連我寫了什麼答案都沒印象。

下課鐘聲響起，違建將滑下鷹勾鼻的小眼鏡推回，清了清老痰，才佝僂著走出教室。

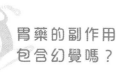

可惡的砂金啊！憑什麼你這傢伙就可以翹違建的小考，我這拖著殘破身軀和心靈來上課的英雄卻得被這張白紙打得體無完膚啊！

感覺胃更痛了，我打開膠囊盒，扔了兩粒胃藥進嘴裡。這種胃藥應該人類和牙印通用吧？為求保險，我挑的是西藥房裡最貴的一種。反正我都吃一整天了，沒什麼副作用，胃痛也的確有減輕，那就是沒問題了。

「喂。」

唉，不知道下一堂是什麼課？希望不要是數學……嗯？等等，現在應該是午休時間了吧？對了，建設學是第四節嘛。太好了，午休時間！我一點也不想碰到食物，乾脆別吃中餐了，睡覺補充體力就好。要是有杯蜂蜜雪莓就好了……蜂蜜！這還真勾起了我不好的回憶。那個異行者的代號為什麼好死不死偏偏就是蜂蜜？為什麼不叫黃芥末或黑咖啡之類的？嘖。

「喂！」

我嚇了一跳，轉頭看向旁邊。

站在我旁邊的人身穿飾有黃色紋路的黑色套服，有著一頭黑髮和一雙蜂蜜色的眼睛——我靠，這不是昨天的異行者嗎？為什麼他會在這裡？

呆了三秒，我終於搞懂是怎麼回事了。原來如此，這就是胃藥的副作用啊！竟然會出現幻覺，下次還是少吃為妙。

喔，我的幻覺還真全面，全班同學看向這裡的表情都很逼真。

「你今天怎麼沒穿女裝？」

女裝？什麼女裝？我人在學校穿什麼女裝啊！應該說打死我也不會再穿女裝了！這個幻覺還真討人厭，怎麼不快點消失或是變成一隻蛞蝓什麼的。

此時，一陣嗡嗡聲，我的手機震了一下，有簡訊。我將手機拿出口袋。是小八傳來的簡訊：

白痴，快戴上耳機！異行者在你那裡！

我一呆，這才反應過來。等等等等等，異行者在我這裡？小八傳的簡訊？幹，這是正牌的！

我立刻使出渾身解數不著痕跡地戴上小型無線電耳機，並打開電源。

異行者仍面無表情地用那雙蜂蜜色眼睛看著我。

指示還沒下達，怕異行者不耐煩了會突然大開殺戒，我趕緊問道：「你、你怎麼會在這裡？」

全班同學都看著這裡，但表情全是驚艷、好奇和……咬牙切齒，畢竟這傢伙的長相實在太顧人怨了，大概所有男同學都不會給他好臉色看。

「你不是要跟我去約會？」異行者反問。

「呃……」我嘴角抽搐。

一旁的女同學驚呼，男同學後退了兩步。

「『兩個人一起出去玩得很開心』。」怕我沒聽懂，他還重複了一遍我昨天說過的解釋。

女同學竊竊私語，男同學奔出教室。

乾！我良好的名聲！就這麼毀於一旦啊！

「吸管，我現在把隱形眼鏡傳到你的視網膜上喔。可能會有點痛。」小八的聲音從耳機裡響起。

我靠！這不是有點痛，是超級痛啊！眼珠好像被鈍刀片硬生生刮去一層皮啊！

我臉頰抽搐，按住左眼，手肘撐在桌面上，以免自己直接給他痛昏倒地。

「誰叫你當初不帶著隱形眼鏡走。」小八無奈地嘆了口氣。

我靠！是妳說電子隱形眼鏡很貴，催我趕快脫下來還妳的耶！

「你怎麼了？」異行者的聲音傳來。

劇痛和緩了，我抬頭，他正皺眉看著我。

胃藥的副作用包含幻覺嗎？

此時，隱形眼鏡出現了三個選項：

①只是頭痛而已。

②對你的感情太過熱烈，燒痛了我的靈魂。

③有點不舒服……你能扶我起來嗎？

哦，我的天。拜託選①！拜託你們選①啊！就讓事情這樣淡去吧！別忘了我還在學校啊！同學們在虎視眈眈看著啊！

「二。」小八果斷地下令。

棍！為什麼偏偏是這個啊——！這叫我如何在全班同學的面前說出口啊！他們看這裡看得很認真，一點都不懂得迴避啊啊——

「喂，快說啊。」

我的自尊彷彿被航空母艦輾過去再輾過來。

「而且要很真誠的說喔，這隻異行者似乎要比較強烈的情緒表現才能引起他的好感回應。」

我靠——要我很真誠的和一個男人告白？你們都去死吧——

「還等什麼？快說，你這蠢貨！他的好感度不太穩定，快要下降了。這樣你們學校會被洗成血海的。」

可惡——

我咬緊牙根，到時候總有理由蒙混過去的啊！就說是戲劇排演的練習好了！

我抬眼看向異行者，盡量很認真的看，用我能力範圍內的深情語氣道：「對你的感情太過熱烈，燒痛了我的靈魂。」

喔幹我說了！讓我死了吧——

異行者應該不會吐在我身上，或是一怒之下劈爛這座校舍吧？

他只是盯著我，面無表情的盯著我。

是……是怎樣？該不會是在腦中考慮該給我哪種死法吧？炸爛？劈爛？不要啊！我還沒喝到八十山風新上市的不列顛薔薇奶茶特調啊！

沉默了很久之後，他突然不由分說地抓住我的手腕。

嗯？

然後抓著我，頭也不回地往教室門外走：「走吧，帶我去約會。」

被他拖走的同時，我看見班上同學紅綠藍白色彩各異的臉，以及他們睜到最大的眼睛和嘴巴。

幹，我美好的校園生活。

第五章　約會對象是男性外星人

THOSE ALIENS TASTE NOT GOOD AT ALL

我毛骨悚然地走在大街上，身邊是一個破壞指數九八二的黑針種異行者。我正在跟他約會。

「哥，要是你們約會不成功，世界就滅亡了喲！」耳機傳來小八用可愛嗓音提醒的小叮嚀。

「這……這到底該怎麼辦啦！我根本不知道怎麼跟一個大男人約會啊！」我小聲回道，請求救援。

「難道你就知道怎麼跟女生約會嗎？」小八說，我彷彿能看見她那挑起一邊眉毛的惡意表情。

可惡！沒跟女生約過會又怎樣！至少我在電影裡看過啊——

我在內心淚流不止。

生平第一次約會竟然是跟男人，還是外星男人，這還有天理嗎！

「嗯？」異行者看向我，蜂蜜色的眼睛有點疑惑，應該是聽見了我剛剛的小聲求援。

「沒、沒事。」我露出一個假笑。

「快想啊！你們這群蠢貨！時下一般年輕男女會到哪裡去約會？」耳機傳來小八的聲音。

「這個……遊、遊樂園？」虎皮大姐的聲音。

「那太遠了，而且不知道那些設施會不會讓異行者誤以為是暗殺行為。」小八回。

「電影院呢？」狐裘問。

「呃，我看看喔……距離最近的那間電影院，現在上映的有《廢柴行不行》、《變態羅曼史》、《爆破警探2》、《終極虐殺部隊》、《婦道聯盟W》。」小八道，「搞笑片的笑點不知道異行者會不會喜歡，有點危險，刪掉。文藝片不知道他坐不坐得住，刪掉。暴力片怕他會直接殺上去砍螢幕，刪掉。」

「……還是不要電影院好了。」

「時下一般年輕男女會去約會的地方應該很多才對啊……」虎皮大姐懊惱道。

「喔！我！我知道！」兔毛的聲音。「上賓……」

「砰！滋——滋……」雜音。

虎皮大姐，打得好。

「好啦，言歸正傳，你們的約會就從商店街開始吧。也能多少先試探他的喜好。」小八說。

是嗎……好吧。

「我們去商店街逛逛吧。」我朝異行者微笑。

「商店街？」他微微皺眉。

「就是有很多店、賣很多東西的地方。」

他點點頭。

「商店街在前方一百公尺右轉。已經佈置好了。」狼毫說。她也是智囊團之一。

首先是章魚燒。

「啊，這個很好吃喔！要不要吃吃看？」我指著那間章魚燒店。

他皺起眉。

我就暫且當那是點頭好了。才剛走近那間店，戴著假鬍子的輔佐官就遞上兩盒章魚燒：

「客人，請用，本商店街最好吃的章魚燒喔。」她用極度平板的語氣道。

……為什麼要找她來演這個角色？

我接下章魚燒，遞給異行者一盒。

他面無表情地吃掉。

「好吃嗎？」我小心翼翼地問。

他還是面無表情。

接下來是書店。

「啊，這本書好像很好看耶！」我隨便拿起一本放在暢銷區的書。

他臉上的表情卻是說不出的怪異，不過他總算有表情了。

到底是什麼書能讓他露出表情？

我回頭看向自己手上的書：《總裁不要！我只是個掃地工》。封面是兩個閃亮亮的漫畫美形男。我靠！這種書也能上暢銷排行！

一旁的書店店員走了過來，那是鵝絨。她露出奸詐的笑容，眼鏡閃過一陣精光：「客人，這裡還有續集喔。」她塞給我另外兩本書。

我低頭。

《總裁不要！我家浴室很小》、《總裁不要！我不喜歡三個人》。我靠！這《總裁不要！》系列是怎麼回事啊！這種東西最好有人會想看啦！

「……」異行者沉默。

接著是服飾店。

「這……這件衣服感覺很適合你耶！」我抓起那件店員塞給我的衣服。

順帶一提，店員是兔毛。

「就是說啊就是說啊，客人，你穿起來一定很好看！」兔毛笑嘻嘻地說道。「來來來，試衣間在這裡喔。」她把異行者推進試衣間。

過了不久，異行者換好出來了。

他穿的是一件有金屬裝飾的黑色長襯衫，看起來就是質料很好剪裁完美的高檔黑色襯衫，完全展露出他的結實好身材。下半身則是長褲和一雙黑色靴子。

「好看嗎？」他問。

隱形眼鏡傳來了選項。

① 非常適合你喔！
② 穿少一點比較適合你，像是不穿上衣只穿褲子。
③ 質料很好又做工精細，上面的銀飾更是畫龍點睛。

除了第二個以外其他兩個都很正常，這讓我鬆了口氣。我看見兔毛偷偷在袖子裡按了小型無線手把的第二個按鈕。

「選一。」小八道。

我鬆了口氣，兔毛暗自嘖了聲。

「這套衣服，非常適合你喔！」我朝異行者微笑。這句話也不是謊言，因為這套衣服該死的適合他，海報上穿著這衣服的模特兒徹底被比下去了。為什麼這傢伙不被大砲給他轟個九百回呢？

異行者沉默，仍然沒什麼表情，卻直接走出了服飾店。

兔毛將一個紙袋遞給我：「客人，這是剛剛那位客人的衣服。」

我接下紙袋，跟著走出去。

既然他沒要求換回原來的衣服，大概就是喜歡現在這套吧？

然後是丸子店和鯛魚燒。

我走到丸子店前，正想點丸子，裡頭就遞出兩串丸子。

「呵呵呵。」是鬍子拖地老頭。

我接下丸子，遞給異行者一支，笑道：「這個很好吃喔，吃吃看吧。」

異行者面無表情地吃掉。

「好吃嗎？」我問。

他仍然面無表情地沉默。

隔壁那間店就是鯛魚燒，我走到店前，果然就遞出了兩份鯛魚燒，但是……

「呵呵呵。」

老頭！怎麼還是你啊！

「這是鯛魚燒，你吃吃……」我回頭，發現異行者站得很遠。

「呃……鯛魚燒……」我舉起手中熱呼呼的鯛魚燒。

異行者又後退了兩步，看著我手中的鯛魚燒。

「呃……你不喜歡吃嗎？」我遲疑地問道。

異行者又後退了一步，我猜那就是他的回答。

「那……那我幫你吃掉好了。」反正鯛魚燒很好吃，而且這間店的餡料夠甜。

等我吃完鯛魚燒，異行者才又站到我身邊。

接下來是夾娃娃。

「玩過嗎？夾娃娃。」我指著夾娃娃機問。

他微微皺起眉，搖搖頭。

「這個就是要投幣進去，再想辦法把裡面的東西夾出來……」

「這些東西，外面那間店不是有賣嗎？」異行者問。

「呃……是啊。」

「用夾的會花比較少錢？」

「嗯……不一定，要看運氣，有時還會花得比較多……」

「那為什麼不直接去買外面賣的？」

「……」

接著是遊戲中心。

「只要打敗對手就行了嗎？」他指著螢幕問。

「呃……可以這麼說……」我突然覺得有點不妙。

他手中出現一柄黑色長槍，刺入遊戲機的螢幕。遊戲機爆炸。

疲憊地走在大街上，我幾乎想直接睡在那些石磚上，化為地面上的灰塵。

怎麼辦呢？感覺這傢伙似乎對什麼都不感興趣。這樣下去該怎麼辦才好？乾脆把他扔進紅燈區，說不定還比較有效……嗯？這裡什麼時候開了一間花店？

我停下腳步，走到花店前。

「吸管，我們在那裡沒有佈置人手。」小八道。

說的也是，誰約會會去花店？不過沒差，不過就是看個花嘛。說不定這個異行者會喜歡花。

「喔？」我注意到一旁架子上放的小盆栽，「這不是蜜壺草嗎？」

「蜜壺草？」異行者問。

「一種多肉植物，好好種一段時間，就會結出很甜的果實。」我解釋。果然看起來很可愛，胖呼呼的卻不像仙人掌有刺，又會結出很甜的果實。

「外面買得到那些果實嗎？」

「嗯……買得到是買得到，不過自己種出來的就是不一樣啊。看著它越長越大，健健康康地結出芽苞，長出果實……」我頓了頓，「你沒有自己種過嗎？」

他搖搖頭。

說的也是，這傢伙成天拿著長槍亂跑，怎麼可能有時間照顧這種可愛的小植物。

「你就種種看吧！結出果實後，可以做出很好吃的蜜壺餅喔。」我買下那個小盆栽，交給他。不過這麼小一棵結出的果實，應該不夠做蜜壺餅吧？算了，沒差。

他看著手中的盆栽，仍然面無表情，不過蜂蜜色的眼睛看多肉植物看得很專注。

才走出店外沒多久，就接到小八的通知：「吸管，小心點，抵禦部那些傢伙已經接到上級的攻擊許可了。看樣子是剛剛的遊戲機破壞讓他們偵測到『蜂蜜』。」

我抬眼，突然發現斜對角的三樓，有一個全副武裝的抵禦部正拿著一管重型量子槍瞄準這裡。

我靠！被這種東西打到，就不是「炸爛之後再生」這麼簡單了啊！

我頭一次這麼感謝紅眼睛的優秀視力。不過真要追究起來，我現在會待在這裡也都是這血統惹的禍。不對，現在不是追究這種事的時候了！槍口已經閃現藍光了啊！

「小心！」我趕緊抱住異行者撲倒在地。

轟！

藍光在身後炸開，看樣子抵禦部這些傢伙，是很確定所有普通民眾都撤離商店街了是不是？那剛剛賣花的阿伯又是誰啊！難道賣花的就不是人嗎！

「痛痛痛……」我撐著起身，就看見被我推倒在地的異行者一臉呆愣。

「啊……你、你沒事吧？」我趕緊起身，伸手要扶起他。

他怔忡，抓住我的手，起身。

「你……」他微微皺眉看著我，似乎想說什麼，卻突然臉色一變。

什、什麼？怎麼了？

我趕緊順著他的視線看過去，發現他正在看著地上的小盆栽。小盆栽倒了，裡面的砂土灑出來，蜜壺草脫離盆栽，孤零零躺在地面。

一陣光芒閃現，異行者身上已換上了之前那件黑色長套服，手上也出現了鑲著蜂蜜色寶石的墨黑長槍。

「我、我們再買一棵就好了……」我嚥了口唾沫。

他的身影消失，閃現在斜對角的三樓，那棟建築物就爆炸了。爆炸形成的風將我的頭髮往後拉，煙硝粉塵齊飛，石塊鋼筋亂砸。

……節哀吧，抵禦部的傢伙們。

★

「你看，其實沒摔傷啊！撿起來就好了。」我從地上將收拾好的小盆栽拿給他。蜜壺草沒摔爛也沒摔傷，雖然裡面的砂土變得有點亂，不過這株多肉植物還是能好好在裡面開花結果吧。

異行者接過盆栽，蜂蜜色的眼睛盯著它很久很久，似乎是確認它沒事了，才小心翼翼地捧著它。

「不用這麼小心沒關係啦……不然這樣好了！」我跑回剛剛那間很幸運沒有被炸掉的花店，和那位臉色青綠、愣愣望著店外倒塌建築的老闆，要了能裝小盆栽的盒子和袋子。

「來吧！」我將小紙盒打開，從異行者手中抓過蜜壺草，放入小盒子裡，再把小盒子裝到塑膠袋中，交給他。「這樣比較好提吧？」

異行者接過塑膠袋，透過小紙盒上的透明片看著裡頭的蜜壺草。雖然他還是面無表情，我卻隱約覺得他的背後在開花。

「之後一天澆一次水就好了，不用澆很多，大約十毫升就夠了。呃……大概就是這個瓶蓋大小的水量吧。」我將剛剛在自動販賣機買的，彩虹汽水的瓶蓋旋下來，遞給異行者。

我平常沒有很喜歡喝汽水，不過彩虹汽水是那台販賣機的新口味，就姑且買來喝喝看了。其實不錯喝，很甜。

他接下金色瓶蓋，點點頭。

我將空瓶扔到一邊的垃圾桶。

「吸管！你很厲害嘛。」耳機傳來小八的聲音，「異行者的好感度是百分之五十七耶。」真的假的？這樣好感也能破五十？但是這傢伙看起來跟剛開始根本沒什麼差啊！同樣面無表情，同樣不太說話不是嗎？

應該是數據錯誤吧？我這個根本沒受過訓的傢伙，怎麼可能比小百合她們還會收服男人啊？別開玩笑了！我才不要這種技能！

「還真該感謝抵禦部光榮犧牲……喂，快邀他去吃飯！」小八提醒。

「時間差不多了，我們一起去吃個飯怎麼樣？」我問異行者。

異行者點點頭。

糟糕糟糕，哪家餐廳好呢？我平常很少去餐廳的啊！若是飲料店我倒是知道幾百家……對了！今天砂金不是有提到一家海什麼的……

「不如就去東B區的凡．海爾吧，那是間不錯的餐廳。」我說道。

異行者又點點頭。

「吸……吸管……」小八的聲音從耳機響起。「你……你是認真的嗎？」呃？怎麼了？那間店該不會一客要價十萬元吧？不可能啊，這樣砂金打死也不會要去吃。

「好吧，既然都這樣了……」小八吸了口氣，「你們就往東B區前進吧。我們會在你們抵達前佈置好的。座標 X1432、Y268，地址東B區春日街八巷四十二號。」

隱形眼鏡傳來了地圖，我只要照著指示走就行了，無須擔心迷路。

等到我站在餐廳前時，才知道小八驚訝的理由。砂金跟我說的並不是這間店的完整店名。這間粉白黑相間的店鋪，招牌上寫著幾個大字：

凡・海爾女僕咖啡廳

Café Van Hael

……女僕咖啡廳。一間女僕咖啡廳。

THOSE ALIENS TASTE NOT GOOD AT ALL

第六章　在女僕咖啡廳約會真的好嗎？

一打開那扇黑、粉相間的大門，清脆吊鈴響起，兩排整齊站好的女僕在門邊列隊。

「歡迎回家，主人！」她們用甜美可愛的聲音說道。

異行者微微蹙起眉。「這裡不是我家。」

「……」我沉默了一陣，「不，這是這間店特有的歡迎方式。」

他仍然皺著眉。

我的天，我第一次來女僕咖啡廳，竟然是跟一個男性外星人來的，理由還是約會。

這間店裡的女僕都穿著以黑、白、粉配色的服飾，黑底的裙裝，白色圍裙，有粉色愛心的黑鈕釦，女僕帽兩側粉黑相間的緞帶，粉黑相間的橫條紋膝上襪，有心形裝飾的可愛的黑色圓頭皮鞋。

多麼的甜美！多麼的清新可愛！如果站在我身邊的是她們其中一人該有多好？

邊讓女僕替我們帶位，我邊在心中哀聲嘆氣，無聲的眼淚往肚裡吞。

這裡除了我們之外沒有別的客人，看樣子應該是被緊急移開了。這間店大概也因為關乎世界安全而被暫時徵收了吧？

可惡，當異行者還真好啊！不但身懷非凡能力，七個極品美女投懷送抱，吃喝衣服全免費，砸毀房舍不用賠，還能包下一間女僕咖啡，各種羨慕忌妒恨啊！

「主人，請問您今天想吃什麼呢？」一位女僕站到我們桌邊。

我抬頭一看……我靠！這不是小八嗎？臉上還掛著非常完美的營業笑容！這……這不是演得很好嗎！當初到底為什麼不由妳來攻略這個異行者啊！我的存在意義何在啊……

我將悲憤的血淚往肚裡吞，止住抽搐的嘴角，掛上越來越收放自如的假笑，問異行者：

「你想吃什麼？」

異行者看著桌面上的菜單，微微皺起眉。

我也低頭看著桌面的菜單。

緞帶戀物語、花樣 Bling Bling 義大利麵、愛❤無限、萌萌經典、吃吧★卡滋卡滋、水手服的誘惑、草莓色吐息、薔薇最高！、不要點我嘛、萌系甜心、女僕之愛、心★攻略法……

這是什麼鬼啊！裡面只有一樣聽起來像食物啊！「不要點我嘛」又是在搞什麼？竟然

連菜單都可以耍傲嬌嗎！

「主人，不然這樣好了……」小八彷彿天然蘿莉女僕一般眨了眨眼，「人家最推薦的是這個『萌萌經典』喔！還會附一瓶番茄醬讓你們畫畫！點這個還會再送上包含人家滿滿的愛的『水手服的誘惑』和『薔薇最高！』喔！」她用手在胸口比了一個愛心，嘿嘿一笑。

……這不是小八！這真的不是小八！這傢伙的演技原來這麼好嗎！當初到底為什麼派我去啊！

我終於止不住抽搐的臉頰，頂著黑掉半片的臉道：「好……就……就聽妳的吧……」

過了沒多久，應該說才過不到一分鐘，兩大盤「萌萌經典」就被送上來了。簡而言之，就是兩盤蛋包飯。蛋包飯就蛋包飯嘛！為什麼要取「萌萌經典」這種名字啊？

「主人，這是您的番茄醬。」小八微笑將番茄醬遞給我。

「喔，好。」我接下番茄醬，打算在自己的蛋包飯上隨便擠一擠調味一下就好，小八卻秒速抓住我的手。

「主人，不對喔。」小八道，「您應該要幫您的同伴擠。」

「什……什麼？」我愣了愣。有這種規定嗎？不對，這麼說起來的話……「不是通常都是由女僕幫忙擠番茄……」

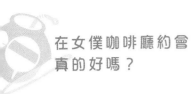

「主人，您的常識錯得可真慘啊！」小八無辜地一笑，對我和異行者道：「在女僕咖啡廳裡，幫約會對象用番茄醬在蛋包飯上寫字，是基本常識喔！這麼做可以帶來好運呢。」

「是嗎……」我已經懶得反駁了，「那我擠好醬再跟他換過來……」我抬起番茄醬要擠。

小八秒速抓住我的手。「主人，這樣不對喔。」

「又、又怎麼了？」

「您應該要直接擠在對方的蛋包飯上，不可以用換的。這麼做會招來厄運呢。」小八無辜地眨眨眼。

「是嗎……」我嘴角抽搐。在心中深深嘆了口氣，抓著番茄醬起身，走到對面的異行者身邊。

「我幫你擠番茄醬？」我問。

異行者點點頭。

正要擠下去，小八卻又秒速抓住我的手……我說妳抓輕一點好不好啊！我的手腕快斷啦！別以為我不知道妳曾經徒手捏爆一顆蘋果！

「女僕小姐，這次又是怎麼了？」我從牙縫中擠出這段話。

「主人主人，您要在上面寫『字』啊。」小八頂著無辜的笑容提醒。

「……寫什麼字？」

「像是對方的名字啊、一句話啊……之類的。」

對方的名字？我根本不知道他的名字……此時，隱形眼鏡傳來了三個選項：

①寫上「親愛的蜂蜜❤」，並用食指戳臉頰擺出賣萌表情。

②寫上「最喜歡你了！親愛的」，並親一下番茄醬瓶。

③寫上「喜歡」，並說「希望這些字能帶給你幸福」。

……。

這應該不是我的錯覺，這些選項似乎越來越過分了。CUP★LID的主機電腦到底是怎麼計算的啊！哪裡來這麼蠢的選項啊！哪裡來這麼蠢的選項啊！！還替我加上動作是怎麼回事？之前小百合她們的選項為什麼就那麼善良？

賣萌表情是哪招！親番茄醬瓶又是哪招啊！而且「親愛的蜂蜜」……蜂蜜根本不是那傢伙的名字吧！那是我們擅自取的代號吧！

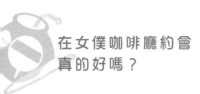

……好，反正司令部那些傢伙，一定又會選最詭異的①或②其中一個吧？反正就是不會讓我好過對吧！

小八背在身後的手微微一動，應該是按了選項。不過幾秒，她便道：「主人，番茄醬的瓶蓋要轉三圈才旋得開唷！」她嘿嘿一笑。

我愣了愣。也對，現在連總司令都在這裡了，自然沒辦法用耳機告訴我指令……所以是選③的意思？真的是選③嗎？選③這個比起前兩個善良很多的選項？

哦！太棒了！管她是不是真的要我選，總之我這麼認定就好！這樣即使不是這意思，就說「我會錯意了」就好了嘛！先選先贏就對了！

我立刻拔開瓶蓋，在蛋包飯上寫字。我的天！用番茄醬寫字比我想像中還難，線條會粗細不一，而且要擠在立體的蛋包飯上實在很有難度。最後，我終於在蛋包飯上擠下歪歪扭扭的「喜歡」兩字。

我將番茄醬交給異行者，微笑道：「希望這些字能帶給你幸福。」

異行者看著我，黃色眼眸似乎閃過一些什麼。

我走回去坐下，拿起湯匙正想開始吃時，小八卻又秒速抓住我的手。

妳怎麼還沒走啊！這女僕在這裡待得也太久了吧！

「主人，調味還沒完成呢！」小八天真無邪地笑。

……我只好放下湯匙。

異行者竟然真的拿著番茄醬走過來，在我身邊站定。

「我該寫什麼？」他問。

「啊……都可以，你喜歡就好。」我答道。

沉默了片刻，他才道：「我還不知道你的名字。」

「我的名字？」我愣了愣。「喔，我是希管．德古拉。」

「吸管？」他蹙起眉。

「不不不，希管……雖然吸管也是我的綽號。」我和小八借了點餐用的筆，在餐巾紙上寫下了「Thergon Dracula」這兩個字，推過去他面前。

「原本是唸作 Thergon Dracula，音譯過來就變成『希管．德古拉』……雖然『希管』也能翻成『席爾根』或『瑟岡』之類的，不過總之就變成這樣了。」

於是，他用番茄醬在我的蛋包飯上寫下了我的名字。意外的是，他寫得竟然比我還好看，手非常穩。

擠完之後，小八收走了番茄醬。

「謝謝。」我朝異行者微笑。

他只是開始吃他的蛋包飯，仍然面無表情。

於是我也開始吃。女僕咖啡廳的蛋包飯到底好不好吃，其實我也說不上來，在這種情況下一般來說都是食不知味的吧？總之就是用蛋裹著的番茄炒飯嘛。

吃完蛋包飯，小八就端上兩杯像聖代又像飲料的東西上來。

「主人，這是『水手服的誘惑』和『薔薇最高！』唷。」她將藍色那杯放到我面前，粉紅色那杯放到異行者面前。

「主人，容我介紹一下這兩杯飲料吧。」小八清了清喉嚨，先指著我的藍色飲料道：「這就是本店的招牌，『水手服的誘惑』！以藍色蘇打為基底，上面是漂浮紅莓香草聖代，底下是星形椰果——就像是水手服一般！藍底、白領、紅色領結！星形髮夾，與短裙下方或許是星星花樣的……？」她別具用意地看著我。

一定要這樣一而再再而三的提醒我我穿過短裙水手服嗎？

「接著，是這杯『薔薇最高！』。」她比向異行者面前的粉紅色杯子。「基底是玫瑰茶，加上草莓汁與莓果粒，上方是略帶禁忌感的薔薇聖代，杯中漂浮著可食用花瓣。同樣是本店人氣排行前十的商品，『薔薇最高！』自上市開始便人氣不減。」

「好了，兩位主人，請慢用！」小八笑咪咪地離開。

她看起來心情很好，這是怎麼回事？真詭異。

她離開沒多久，我的耳機就響起她的聲音：「嘿，吸管，你做得非常好。『蜂蜜』的好感度已經百分之七十三了。」

真的假的？難不成他其實很喜歡女僕咖啡廳？還是喜歡吃蛋包飯？

我喝了一口「水手服的誘惑」。哦，可惡，還真好喝。上面的紅莓聖代也很好吃，夠甜。

此時，我才想起我並不知道這個異行者的名字。代號「蜂蜜」的黑針種……好吧，如果要讓自己快點脫離這種和男人約會的地獄，那我乾脆就認真起來，讓他願意被我咬，封印他能力之後我也自由了。既然如此，就得知道他的名字才行，而且只用「你」來稱呼，實在缺了點什麼。

「那個……我發現，我還不知道你的名字呢。」我用造型吸管攪著杯中飲料。

異行者放下吸管。垂下雙眼，沉默片刻，才開口：「……賽維德．九世．路德維希。」

「賽維德．九世．路德維希？」我重複了一遍。「所以你的名字是『賽維德』？」

他搖搖頭。「『賽維德』是我父王的名字。『路德維希』是家族名。『九世』才是我的名字。」

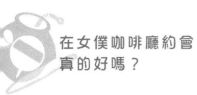

「你父王？」我愣了愣。他剛剛說「父王」嗎？還是我聽錯？

他遲疑了許久，才點點頭。

此時，耳機響起小八的嗓音：「嘿，吸管，幹得好。讓他多說一些他自己的事。你就專注、認真地聽他說，看著他，表現出你的熱誠。與其說些自己的事，不如多聽對方說——這可是約會的不變法則啊！而且這對讓他敞開心房非常有幫助。」

聽聞，我立刻道：「九世……可以多告訴我一些你自己的事嗎？」

他蜂蜜色的眼睛看著我，沉默了很久很久，就在我以為他要拒絕時，他卻開口道：「我原本住在法本卡恩。那是一個非常美麗的地方，草原是黑色的，天空是琥珀色的，微風總是帶著一種香氣，我們稱那種香味『瓦奈』——那具有母親的意思。」

草原是黑的？天空是琥珀色？這樣……真的美嗎？我非常懷疑，不過，至少能看出我們之間的審美差異。我遵照指示，專注地聽他說話——至少看起來很專注。

「我住在一座黑色宮殿裡。我的父親是法本卡恩的王，母親是全法本卡恩最美的女性，也是法本卡恩的王后。因為我是家族為政之後的第九代，我得到了『九世』這個名字。」

異行者的母親是他們那裡最美的女性？那也難怪他對小百合不心動了，畢竟已經看慣……不對，他的審美觀如何還有待考證。說不定他母親有三隻眼睛，所以他才覺得有三隻眼的女孩最美——這樣地球上最好找得到任何一個嘛！難怪他看什麼美女都不順眼，因為全缺了一隻眼睛。

「父王的統治之下，法本卡恩一直都很和平。沒有動亂、沒有飢荒，稅收也比上一代輕。每天從窗口吹入的瓦奈都在歌唱。」

瓦奈？瓦奈是什麼？啊，對了，他剛剛好像說過。是風……呃，或是風裡的某種香味吧。我還是很認真地看著他。

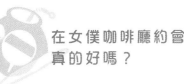

「有一天，其中幾個軍團長發起了叛變。他們闖進皇宮，破壞所有他們看得見的事物，殺死所有他們能殺的，無論是一名宮女，還是籠裡的鳥。當時我還小，被父王藏到宮殿的風洞裡，風洞很小，只有我才進得去。陪我待在那裡的是一個年齡和我差不多的孩子。他是父王忠心手下的兒子，我們從小就認識了。」

「我躲在風洞裡，看著那些軍團長砍下我母親的頭，勾出我父親的心臟，卻不能發出任何聲音。那個孩子也看著他的父親被殺。因為他父親想阻止那些軍團長殺死我父王和母后。」

「我們沿著風洞爬，當沒有路走而爬出風洞時，我們已經快要能逃出宮殿外了。只差一道城牆，就差一道城牆。反叛軍的聲音傳來，我和他躲在屏障物後。先找到我們的是一群從地下密道偷渡進來的、想幫忙父王的人，其中一個是穿著圍裙的婦人，另外幾個男人看起來也不太像正規王國軍。」

「他們避開叛軍的耳目，偷偷將我們帶到一個被屏障物遮掩的暗門前。正想打開地面的暗門，叛軍搜索的聲音又傳來了。他們在尋找失蹤的王子，法本卡恩唯一的合法繼承人。」

「他們的聲音越來越近，最後聽見他們想把屏障物弄開。我們所有人都不敢動，也不敢打開暗門。」

「那個孩子卻在這時候從縫隙鑽出去了。我聽見他說：『我就是賽維德．九世．路德維希，這個國家的王子。你們是來救我的嗎？』我知道他要做什麼，想出去阻止他，那個婦人卻抓住我，摀住我的嘴巴，他們趁這時候打開了暗門，把我帶出去。」

「在出去之前，那孩子明明還在害怕地發抖。他知道那些人是叛軍，因為他認得幾乎所有王國軍。」

「我被成功帶離宮殿之後，沒多久就聽見叛軍佔領王宮，殺死國王、王后和王子的消息。」

「從此以後，叛軍成為了王國軍。」

我沉默，看著蜂蜜……不，九世的臉。

這……這傢伙……這傢伙的過去……好可憐啊！我的天！這個異行者……不，失去故土的王子！天，我之前真不該詛咒他被大砲轟個九百回，應該是那些該死的叛軍該被轟個九百回。

我拚命喝著杯中的飲料，想沖淡胸中壯闊的情緒，卻是越喝越壯闊，恨不得像喝飲料一樣把那些叛軍的血喝光——這是我第二次這麼慶幸自己身為牙印，因為我真的能做到。那些叛軍可得小心點了，要是讓我認出來，我肯定把他們喝成鹹魚乾。

「那之後，為了活下去，我加入一群反新政權的雇傭兵。他們不知道我的名字，也不知道我的身分。我在那裡受訓、執行任務、受訓、執行任務，想著有一天要替父王、母后和那個孩子復仇。」

「我在雇傭兵團裡待了好久好久，從接受他人訓練，變成訓練他人，最後是帶領整個雇傭兵團。」

「在前一天的任務中，我突然被一陣引力吸到一個空間裡，等我睜開眼時，就已經在這個世界了。我原以為這是那些王國軍的把戲，得破壞一切才能逃得出這個屏障……直到看見你。」九世蜂蜜色的眼眸看著我。

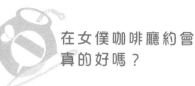

我愣了愣。

「你和那孩子長得非常像。若不是你穿著女裝，我會以為你就是他。如果他現在還活著，或許就會是你這個樣子。」

「見了你之後，我先是混亂，後來逐漸冷靜下來。我才發現自己已經不在法本卡恩了，也不是在王國軍製造的屏障裡。這是一個完全不同的地方。」

他又沉默下來，桌上薔薇最高的漂浮聖代已經化成水了，整杯液體從原本半透明的粉色，變成不透明的奶白粉紅。

原來如此！原來是這樣！這傢伙真是太感人了。

難怪他剛開始會把那些美女牙印都轟飛，原來以為她們是陷阱啊！對嘛對嘛，亡國的王子怎麼可能會是那麼壞的人呢？

「而且在花店前的時候……你可以不必那麼做，你卻選擇救我。」九世蜂蜜色的眼睛看著我。

救？我什麼時候救過他了？片刻後我才想起，那時候我確實有推開他——然後他的小盆栽就倒了。對對對，的確是有這麼回事。

我站起身，走到他旁邊，抓住他的手。

他愣了愣，看著我。

「九世，你可以讓我咬一口嗎？一小口就好。這樣一來，你就不會再被他們追殺了。」

我嚴肅地看著他，「一小口，一點都不會痛……應該。」

「吸……吸管！」耳機裡傳來小八的驚喊，以及智囊團的驚呼。「你……你也太突然了！」

九世微微蹙起眉，看起來有點疑惑，但並沒有太強烈的排斥反應。

轟！

玻璃落地窗碎裂，我直覺性地抱頭蹲下，外面又是一陣掃射。我勉強睜開眼，就看見煙塵間，九世變回異行者的裝束，抓著長槍飛身至店外。槍響隨著九世漸遠，沒過多久，女僕咖啡廳就回歸安靜。

地上滿是彈孔和桌椅、玻璃碎片，其中一個彈孔離我的腳只有半公分。

「冷靜一點了嗎？」小八的聲音從耳機傳來。

「冷……妳才該冷靜一點！」我喊道，「妳想殺了我嗎？」

「放心，這種程度殺不死你，只是先把『蜂蜜』支開而已。」

「為……為什麼啊？」

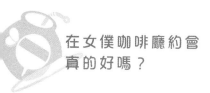

小八嘆了口氣。「你這傢伙啊，到底有沒有在玩戀愛遊戲啊？就算沒玩，這點常識也該懂吧？你太急啦！這樣的戀情一定不會持久！」

「誰要跟他持久啊？我只要咬他一口就行了啊！」

「總之，他的好感度還不夠高，不要貿然行事……」

「小……小管？」一陣熟悉的嗓音從我後方傳來。

我愣了愣，轉頭。

砂金站在廁所門口，愣愣看著我，和幾乎變成廢墟的女僕咖啡廳。

「這、這是怎麼回事？」呆愣數秒後，我按著耳機質問。

「不可能，已經確實清空店裡的民眾了……」狐裘的聲音傳來。

「他剛剛是從哪裡出來的？」小八問。

「廁所。」狼毫回答。

「有確實檢查過廁所嗎？」小八又問。

「……」一陣沉默。

「可、可是那是男廁啊！」有人做出辯解。

「世界都要末日了誰還管他男廁女廁啊！」砰！小八的拍桌聲。

「不對啊，那他到底在裡面待了多久啊？」兔毛問。

「至少兩個小時以上吧？」

「那就是他的腸胃問題，不是我們的問題了嘛……」

聽著那一串亂七八糟的討論，我嘴角抽搐。

「小管，你在跟誰說話？」砂金皺眉問。

「呃……總之……那個不重要。」我頓了頓。「砂金，你……你在這裡待多久了？」

「哦，我從建設學那堂課就待在這裡了。」

「你……你那麼早就來了啊！你在這裡幹嘛啊？」

「在這裡的廁所補眠。」他義正詞嚴地答道。

「你在女僕咖啡廳的廁所裡補眠幹什麼啊！」如果現在有桌子，我相信我一定會用和小八同樣的力道拍桌，讓世人見證血緣的偉大。

「在女僕咖啡廳的廁所翹課總比在學校廁所翹課好吧？」

「說的也是……不對！不是這個問題吧！你好好的桌椅不坐，躺廁所做什麼啊？」

「睡在店裡會被趕出去吧？那就只能睡店裡的廁所囉。」

「你是不會回家睡啊！」兄妹之間的血緣連繫實在太強了，想拍桌的衝動幾乎要從我的腦血管裡噴出來。

「吸管，冷靜點。先問他到底看到了多少吧。」狼毫道。

「怎麼是妳？小八呢？」我低聲問道。

「司令桌裂成兩半，她跑去拍兔毛的桌子。」

「……」血緣的力量實在太偉大了。

「喂！小管，你怎麼了？」砂金喚道。

我深吸了口氣。「砂金，你剛剛到底看到了多少？」

「什麼多少？」

「你睡醒之後看到了什麼？」

「廁所的天花板。」

「天花板個毛啊！我是問你你走出廁所看到什麼了？」

「喔，我看到你和一個男人在約會，你喝光了你的『水手服的誘惑』，然後問他願不願意給你咬。他還沒回答，這間店就被掃射，他突然變成異行者離開。大概就這些。」

……他說得倒挺淡定。

「現在怎麼辦？」我低聲問道。

小八深深嘆了口氣。「好吧，算了。看在他是我們青梅竹馬的份上……吸管，邀他來我們家吃晚餐。」

「呃……砂金？」

「怎麼了？」

「小八邀你來我們家吃晚餐。」

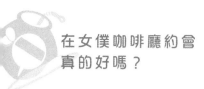

第七章　晚餐不是用來自白的

THOSE ALIENS TASTE NOT GOOD AT ALL

「呃……你們想吃什麼？」我穿上圍裙，雙手在身後將綁帶綁起。

「漢堡排。」小八即答。

「蛋包飯。」砂金即答。

「……蛋包飯？」我看向砂金，「剛剛已經在女僕咖啡廳吃過蛋包飯了啊。」

「誰叫點餐前凡．海爾餐廳就被炸了，害我沒吃到蛋包飯。」

「……好吧。」我只好從冰箱中拿出五顆蛋、一根胡蘿蔔、半顆洋蔥、花椰菜、番茄醬等等，還有一碗絞肉。趁絞肉退冰的時候，我先洗米煮飯。

「好了，所以，小八，妳要跟我說什麼？」餐桌前，砂金問。

我洗完胡蘿蔔，開始削前半段的皮，再把胡蘿蔔切成丁。

「現在我要跟你說的是世界級的機密，你必須保證你即使被刑求不會說出去。」小八面色嚴肅，雙掌交扣手肘撐在桌上，標準的碇○堂姿勢。

「刑求……呃，好。」砂金同意了。

我將切完的胡蘿蔔丁裝進盤子裡，剩下的胡蘿蔔放回冰箱，開始切洋蔥。

「你知道我們是牙印吧？」小八問。

「嗯，吸血鬼、紅眼睛。」砂金答道。

等白飯煮好前，我開火上鍋，先將其中一部份的洋蔥丁加奶油略炒，放涼備用。

「我們的能力不只是吸血。」小八頓了頓，「你知道異行者吧？」

砂金笑了聲。「恐怕這地表上沒有人不知道吧。」

我將牛奶加入麵包粉泡軟。

「我們『牙印』，有一種非常特殊的能力——就是把那群『異行者』變成非常相近於普通人類的形態。簡而言之，類似『封印』吧。」

砂金皺起眉。「呃，異行者的能力……可以被封印？」

我拿出退冰好的絞肉，牛肉與豬肉是完美的七比三比例，加入鹽巴開始用手攪拌揉捏。

「可以。但是有個前提，必須是他們自願。封印方法就是咬他們一口，吸他們的血。」

「……所以必須他們自願被你們咬一口吸血，才能封印成功？」

「可以這麼說。」

我把炒過的洋蔥碎末、泡軟的麵包粉和蛋加到絞肉裡，繼續捏漢堡肉。

「這……」砂金表情怪異，「這實在是……」

「很難相信吧？」小八挑眉。「你知道『CUP★LID』吧？」

「杯★蓋？那個戀愛遊戲和飲料公司？」砂金皺眉。

手上和盤子都抹好油，我挖出一團漢堡肉，揉成球狀，再拍打成扁形，中心部分稍微壓下去一點，以免沒有熟透。

「CUP★LID的全名是『Couple Universe Producer★Love In Dimension』，『宇宙戀人製造組織★次元之愛』。那個組織，現在是近似地球防衛總部的存在。」

「……」砂金沉默看著小八。

把三片捏好的漢堡排放到一邊，另外四片包起來放進冷凍庫，以免小八明天晚餐也要求吃漢堡排。

「我是那裡的總司令。」小八道。

「……」砂金沉默。

叮！飯煮好了。我把電鍋打開，用飯匙翻了一下白飯。接著打開玉米罐頭，把半罐倒到小碗裡，剩下的包好放冰箱。

「很難相信吧？」小八挑眉。

砂金又沉默了一陣後，轉頭問我：「小管，小八怎麼了。」

我扭開熱爐，回頭道：「雖然很像她又瘋了，但她說的都是真的。我是司令部的智囊團之一。」熱好鍋後，把洋蔥丁、胡蘿蔔丁、玉米粒丟進去炒香，再把飯倒進去拌勻。

「喔不，吸管現在是我們的出任牙印之一。」小八微笑。

「什麼？」我差點弄翻鍋子。

「『出任牙印』？」砂金反問。

「我們會派遣牙印出去『攻略』那些異行者，提升他們的好感度，讓他們願意被咬，世界就和平了。」小八攤手。

「……這世界從來沒和平過。」我將鹽、胡椒和番茄醬加到炒飯裡炒勻。

「呃……就像戀愛遊戲那樣？」砂金皺眉。

「沒錯，就像戀愛遊戲那樣。」小八回答。

把其中一份番茄炒飯倒入碗中，再扣到盤子上，形成完美的半球體。另外兩份也照辦。

「……我們的世界和平，是靠戀愛遊戲來守護的？」

「膜拜我吧。」小八展開雙手。

「所以才不能對外公開。」我翻了翻白眼。將三顆雞蛋打勻，煎成完美的黃色蛋皮，鋪到三團番茄炒飯上。

「呃……讓我消化一下。」砂金扶住額頭。

小八聳肩。

我把完成的蛋包飯放到小八、砂金和我的位置前，再把番茄醬瓶放到桌上。

小八抓住我的手。「哎呀！哥、哥——你怎麼不像下午約會時一樣，用番茄醬幫我寫字呢？」

我嘴角抽搐，「親愛的妹妹，妳不是自己有手嗎？」

「用哥哥的手擠的比較好吃嘛。」她無辜地眨眨眼。

「……妳要我寫什麼？」

「『總受』。」她微笑。

我皺眉。「總受？總共的總，受傷的受？」

「嗯哼。」她點點頭。

這是什麼意思？真詭異。不過我仍拿起番茄醬瓶，在她的蛋包飯上寫了「總受」兩字。

「謝謝哥哥！」她笑得異常燦爛。

我轉身走回熱爐邊，把橄欖油加入平底鍋，開始煎那三片漢堡排。先煎兩面封住肉汁。

「呃，妳剛剛說……小管也是出任牙印？」砂金問。

「沒錯。」小八舀了一口蛋包飯往嘴裡塞，指著砂金的蛋包飯道：「快粗啊！要冷掉了！」

我轉成小火，蓋上鍋蓋，開始等。

「哦，好。」砂金這才愣愣地拿湯匙舀了一口蛋包飯。「哦！果然好吃……所以說，異行者也有女的？」

「不，只有男的。」小八嚼著蛋包飯。

「只……只有男的？」砂金動作一頓。

我臉頰抽搐。為了怕小八營養不良，我趁煎漢堡排的空檔，將剛剛接好的一鍋水放到熱爐上，開始燙花椰菜。

「意思就是他必須攻略一個男人。」小八放下湯匙，燦笑。

我把花椰菜撈出來晾乾的手一抖，一顆花椰菜摔落地面滾了三圈。

「哦——」砂金瞭然地拉長了尾音，挑眉看向我。

我撿起掉到地上的花椰菜，一秒塞進他嘴裡。

「原來如此啊——」他仍然看著我，嚼著口中的花椰菜。

你吃了？你他娘還真的吃了！我翻白眼，走回熱爐邊。

「所以我今天看到的狀況，就是小管在泡異行者？」砂金又問。

又一顆花椰菜摔落地面，我撿起來，轉身秒塞砂金的嘴。

「誰在泡異行者啊！」我怒拍桌。

「嘖嘖嘖，這拍桌有得到我的真傳。」小八評論，面帶讚賞。

我轉身回去，繼續撈花椰菜，放到一邊的盤子裡。漢堡排煎得剛好，表面閃著水光。把鍋蓋打開，漢堡排裝盤，淋上德古拉家特製的紅酒蘑菇醬汁，再放上剛剛燙的花椰菜，我把完成的三盤漢堡排端上桌。

「喔喔喔——！來了！漢堡排！」小八抄起叉子。

「好吧，我大概瞭解了。」砂金也拿起叉子。「總之，就是我的兩個青梅竹馬都在為守護世界和平努力奮鬥，其中一個還犧牲色相。」

「咩啜。」小八用牙齒撕扯漢堡排，吃相豪邁。

「我說……砂金，你……竟然接受了？那些感覺根本就不像實話的實話？你竟然就這樣信了？就這樣信了？也太沒節操了吧！」我抱頭喊道。

「節操不能當飯吃。」砂金嚴肅地咬下一口漢堡排。

我把圍裙脫下，洗了洗手，才坐到餐桌邊，在蛋包飯上隨便亂擠番茄醬，就一勺一勺食不知味地吃了起來。剛剛在凡．海爾吃過那不知算下午茶還是晚餐的蛋包飯，我現在其實不怎麼餓。所以我給自己準備得特別小份。

「好了，那該切入正題了吧？」砂金吃完漢堡排，放下叉子。

小八挑眉。

「妳為什麼冒著機密情報外洩的危險，也要告訴我這些資訊？」砂金挑眉。

「哎呀——真不愧是砂金。」小八攤手。「嗯，這麼說好了。你願意加入CUP★LID嗎？」

「噗咳！」我差點被花椰菜嗆到。

砂金挑眉。「哎呀，為什麼會選上我呢？總司令大人。」

「嗯，怎麼說呢……」小八用手指摩娑著下巴。「直覺吧。」

「直覺？！」我驚呼。這傢伙怎麼還是這麼隨便啊！這可是關乎世界存亡啊！

「還有就是……你和吸管比較熟，而且性格方面接受度頗高……」小八的視線飄向上方。

什麼？這跟我有什麼關係？和個性又有什麼關係？

「此話怎說？」砂金問。

「之後可能要麻煩你幫忙吸管練習了。」小八微笑。「而且我們司令部也需要一些男性的意見。現在的任務，因為吸管變成了出任牙印，智囊團正好缺了個額。」

練習？什麼練習？司令部缺額？既然如此就讓我回去啊！派個小百合什麼的去攻略他不就好了！反正蜂蜜現在已經不暴力了！

「薪資呢？」砂金攤手。

「按月支付，六位數起跳，年終獎金、節慶獎金、工時獎金另計。只要沒有異行者入侵，都是休假日，薪水照付。」小八雙手交扣，「之後會再給你一份詳細資料。」

「成交。」砂金即答。

「不愧是砂金，真明事理。」小八笑咪咪地說道。「這裡的規定只有三條：一、不許對外提起任何CUP★LID之機密。二、一但出現異行者，必須在三分鐘之內抵達CUP★LID司令部。三、不許違背總司令之命令。」

「總司令的命令，只限於工作上的吧？」砂金問。

「當然。」小八道。

「好，沒問題。」

「什……什麼沒問題啊？你……你就這樣接受了？就這樣？」我幾乎要衝上去揪住砂金的領子左右搖晃。

「員工待遇這麼好，哪有不接受的道理？」砂金理所當然地攤手。

「說得好！不愧是我的忠實部下。」小八讚許地點點頭。

你們兩個在共成一氣什麼啊！

「哥，你的漢堡排到底還吃不吃？」小八用叉子指著我盤中只吃了一口的漢堡肉。

我嘆了口氣，扶住額頭。「不了，妳要吃就拿去吧。」

在小八埋頭吃漢堡排的時候，砂金轉頭看我，一臉興味盎然。

「你真的在攻略一個男人？」

我朝他翻了一個大白眼。「別提了。」

「息止轟略，哈還寬過擬荒喏。」小八滿嘴漢堡肉搶著插嘴。

「女裝？」砂金瞪大眼。

我說……這樣你們都能溝通？

「你、你們要吃什麼甜點嗎？布丁怎麼樣？」我立刻扭轉話題方向。

小八嚥下口中的漢堡排，「是一套水藍色的短裙水手服喔。」

「短、短裙水手服？」砂金看著我，嘴角顫抖。

「裙子在膝上二十六點三公分。」小八一臉嚴肅，眼中閃過認真的光輝。

這數據也太精準了吧！

「膝上二十六……」砂金看著我，終於忍不住爆笑出聲。

「噗哈哈哈哈哈哈哈哈哈哈哈哈哈哈哈哈藍色水手服哈哈哈哈哈哈哈哈哈哈短裙哈哈哈哈哈哈哈哈哈哈膝上二十六點三公分哈哈哈哈哈哈哈哈哈哈哈……」

他抱著肚子狂笑，摔落椅子在地上瘋狂打滾。

「……」

我沉默看著砂金極富藝術性的展演。

「親愛的妹妹，妳覺得這樣戲弄妳老哥真的好玩嗎？」我指著狂笑不止的砂金，質問小八。

小八一臉嚴肅。「好玩，非常好玩，好玩透了。」

「……」

☆

「好了，我看時間差不多了，現在就是吸管的功課時間了。」小八扔下這句話，就咚咚咚咚地跑上樓。

功課？什麼功課？我收拾碗盤的動作頓了頓。

砂金走了過來，幫我拿起一疊盤子。「我來幫忙吧，小……噗！水手服……噗嘻……」他雙肩顫抖。

我搶過他的盤子。「還是我來拿好了，讓你拿準會碎一地。」

「哎呀，別生氣嘛，小……噗嘻！膝上二十六公……噗哈哈哈哈哈哈哈哈哈哈哈哈哈哈哈哈哈哈哈……」砂金摔到地上打滾。

「……」我將碗盤收到洗碗槽，開始沖洗。因為用洗碗精洗必須搓一千次才能把盤面上殘留的化學物質清乾淨，所以德古拉家都是用手或海綿沖水直接洗。

洗完碗盤餐具，放到一邊的架子上晾乾。

在圍裙上抹了抹手，才剛轉身，就聽見小八衝下樓的咚咚咚聲。

「吸管！這些就是你今晚的功課。」就見她手上抱著一整疊有半個她高的書，砰的一聲放到桌上。

「這……這些是……」我不安地走到桌前。

小八把那一大疊書在桌面上分別排開，讓我能清楚看見那些書的書名和封面。《總裁不要！椅子好冰》、《總裁不要！這裡是公園》、《總裁不要！蠟燭好燙》、《總裁不要！摩天輪包廂很危險》……

「這、這一整串《總裁不要！》系列是怎麼回事啊！這東西到底有幾本啊？！」我抱頭吶喊。

「這你就有所不知了。」小八嘖嘖了兩聲，「這《總裁不要！》系列，簡稱『總不』，可是BL界經典中的經典啊！耽美小說無人能出其右。目前全系列有九本，最新一集是《總裁不要！我不喜歡三個人》。」

除了《總裁不要！》系列小說，其他都是貼滿限制級標籤的肉色封面漫畫：《甜蜜❤喘息》、《菊花奇譚》、《黑龍調戲事典》、《哥哥！專屬於我》、《色情★小天使》、《LOVE HOLE》、《讓我在上面！》、《別翻開這本書嘛》、《快感★魂結》、《男子漢&男子漢：四十八手寶典》、《GAY的五十道陰影》、《狂亂❤小野兔》、《狼×畢氏定理×解不開的愛》、《我的哥哥變成性感小貓了》……

這、這些都是什麼鬼書名啊！那本《別翻開這本書嘛》又是鬧哪樣！鬧哪樣啊！這年頭不只菜單耍傲嬌，連書名都要賣萌了嗎！

「好了，這些可都是我的珍藏品。勉為其難作為參考資料借你一晚。明天晚上之前要看完喔！」她拍了拍手上的灰塵。

「……什麼？」我看向小八。

「啊，為免你假裝看完，我會抽問裡面的內容喔。」小八補充。

「這、這這這這些全部都……看完？」我指著桌上的書堆。

「誰要你那麼不懂得人情世故呢？」小八嘆了口氣搖搖頭，雙手叉腰，「所以我就只能指派一些樣本給你觀摩啦。」

「但是……這這這這些……都、都都都都是男男男男……」

「就是因為這樣才要你看的啊！」小八燦笑。「如果是普通的男女戀愛，還要你看做什麼呢？」

我嘴角抽搐。

「我突然想到有急事，先回去了。」砂金拍了拍我的肩膀，瞬間移動到玄關穿好鞋，出去後還不忘緊緊關上門。

我看著桌上的書，心中有說不出的愁緒數不盡的哀慟。

「為了防止世界被破壞，為了守護世界和平，貫徹愛與真實的猥瑣，菊洞薔薇色的明天……咳咳咳！總之，老哥，要把這些書全部看完喔。」小八再次強調。

此時，我突然想到一個問題：「小八，妳怎麼會有這些書？」

「嗯？」小八愣了愣。「呃……該怎麼說呢……」她搔搔腦袋，「這是我的興趣啦。」

「興……興趣……」這種東西當興趣？什麼樣的興趣？為什麼會產生這樣的興趣？怎麼可能會存在這種興趣？

「總之，我是個腐女。」小八雙手叉腰，「而且我已經意淫老哥你很久了。」

「意……意妳個頭啊！妳到底在說什麼啊？」我已經天旋地轉不知今夕是何夕。

「沒辦法，誰叫老哥你長得纖細漂亮，又擺明了是個受。」小八攤手，表情寫著全都是老哥的錯。

「誰纖細漂亮……等等，受？受是什麼？」

「你竟然不知道？」小八驚喊，「受是攻的相對詞，就是兩個男的裡面，在床上會被壓在下面的那一個。」她做出推眼鏡的動作，即使她沒有戴眼鏡。

「在床上……被壓在下面……等、等等等等！男、男人跟男人根本就不能做那種事吧！」我在極度震驚之下往後退了一步。

「什麼？」小八露出極度鄙視的陰沉表情，又推了一次不存在的眼鏡：「怎麼可能不行？當然可以。只要嗶——然後嗶——再嗶——，把嗶——放到嗶——就行了，還可以用嗶——對嗶——做嗶——除此之外，當然還有嗶——、嗶——和嗶——三個人的話也行，只要嗶——和嗶——加上嗶——……」

……我的心靈嚴重受創。

第八章 總裁不要！

THOSE ALIENS TASTE NOT GOOD AT ALL

月光透過玻璃落地窗，灑上辦公室高級的鵝絨地毯，拉長了室內兩人的剪影。

較高的那人有著一頭黑髮，穿著筆挺西裝，身材高挑且五官剛毅俊美。另一個人有著棕色秀髮，一雙眼眸看著地上，纖長的睫毛半掩雙眸，唇瓣如待綻放的櫻花花瓣般柔嫩惑人。

「櫻井……過來。」黑髮男人啟唇道。語氣中帶著令人無法違抗的魄力，配上那雙狼一般的黑眸，在月光帶來的陰影下隱隱透出一股邪魅。

「須藤……總裁……」被稱為櫻井的棕髮男人不安地咬了咬下唇，雙肩微微顫抖，卻仍因對方難以抵抗的氣勢而往前了一步。

須藤的眼中掠過一抹心痛。「櫻井，你就……那麼討厭我嗎？」

櫻井只是垂著頭，不發一語。

須藤一雙黑眸揉雜了各種複雜的情緒。他扣住櫻井白皙小巧的下頷，將他的臉抬起，深沉又悲傷地望入櫻井的眼眸：「你到底想要什麼？我能讓你當上這兒的主管，你拒絕了；

我能給予你比現在多上十倍百倍的財富，你拒絕了；我能為你建一棟二十樓的獨棟大廈，你拒絕了；我能送你一輛普通人八輩子也買不起的跑車，你拒絕了……」

「你只是不斷地拒絕我，不斷地往後退，期望能退到我看不見的陰影裡。」須藤痛苦地閉上眼，吸了口氣，又睜開眼：「櫻井，你要的，到底是什麼？」

一顆晶瑩的淚珠滑下櫻井脆弱的臉頰，櫻井只是搖頭。「……總裁……你不懂……你根本就不懂……」淚珠落下，在鵝絨地毯上摔成無數碎裂的水晶。

「我不懂，你就讓我懂啊！」須藤抓住櫻井的雙肩，語氣像隻負了傷的野獸。「如果你什麼都不說，我又怎麼能懂呢……」

「總裁……」櫻井抬起臉，水盈的櫻色眼眸閃閃動人，有如映滿綻放櫻樹的湖面。

須藤扣住櫻井的後腦勺，深深吻上他的唇。他們的吐息相互交纏，如絲帛般美麗卻易碎。

須藤伸手，拉下櫻井的領帶，解開一顆領口的扣子，探入他衣內。

櫻井別過頭，濕潤的紅唇發出一聲悶哼，喊道：

「總裁……不要！」

啊啊啊！！！

不要你媽啊！既然你不要就別去總裁的辦公室啊！窩勒個擦，你這就叫做欲拒還迎啊啊！有木有節操啊！到底有木有啊！

我憤怒地摔出《總裁不要！我只是個掃地工》，書本和地面撞擊發出重響。

這是我今天晚上第十三次摔書，而這只是我看的第一本。

這東西真是莫名其妙！莫名其妙啊！主角明明是個男的，卻會時不時就臉紅嬌羞泛淚！總裁明明可以坐擁美女無數，卻莫名其妙愛上一個公司職員兼他家的掃地工！還是男的！還愛得很深！那個主角也莫名其妙，總裁要給你金山銀山你不拿是為了毛啊！到底是為毛啊！

我奮力擊床發出無聲的悲鳴吶喊。

這種東西我還要再看八本嗎？！而且看完之後還要再看和這個差不多的漫畫？天啊！

小說只是文字就算了，那些貼限制級標籤的漫畫可是有圖的啊！有圖的啊啊啊啊啊啊啊——

我用頭撞床，希望撞一撞會把自己撞醒，然後鬆了口氣地說聲「啊原來都是一場夢啊」……都是夢個頭啊！我還有八本沒看啊！先面對現實要緊啊啊！

我欲哭無淚地再度抄起那本被我摔了十三次卻仍堅固異常的書。平常的書隨便摔個幾次就散架了，這本書怎麼連個凹痕都摔不出來？到底是有什麼東西在加護？該死，怎麼不來個火災把我們家燒光呢？燒光光最好啊！

我認命地翻開書，找到剛剛那一頁，繼續看。

接下來又是不堪入目的圈圈叉叉三角形。為什麼這本小說沒事就能給他來個圈圈叉叉三角形？為什麼？那些男人有這麼欲求不滿嗎？圈圈叉叉三角形也就算了，寫得這麼鉅細靡遺是想怎樣啊！

可惡，小八總不會考我這些圈圈叉叉三角形的內容吧？所以我可以跳過吧？可以吧？

我秒速翻到下一個章節。

「啊……總、總裁……」

「櫻井……」

窩勒個擦，怎麼還是圈圈叉叉三角形啊！這是要圈圈叉叉三角形多久啊！

我含淚，瞇起眼一頁一頁翻，總算翻到了普遍級的部分。

這本書真厲害，普遍級的部分竟然比限制級還難找。

★

正午的陽光具有殺傷力地射入窗戶，我拉上窗簾。我想現在一定是我此生看起來最像吸血鬼的時刻：

蒼白的皮膚（被總裁嚇得面無血色）、深沉的黑眼圈（熬夜觀看紙上男男圈圈叉叉三角形）、消瘦的臉頰（對世間真理的質疑與遭受扭曲價值觀的精神摧殘）、嗜血的眼神（渴望把『總不』作者的血吸乾以免繼續荼毒世人）……如果父親看到一定很欣慰。

即使這般為書消得人憔悴，我仍然只看完了「總不」的前六集。還有三本啊！三本！而且除此之外，還有整整一大疊的漫畫還沒看！

我看書的速度真的不算慢，都是不斷摔書撿書搥床的惡性循環，害得我浪費了大半時間。不可能！我真的不可能在晚上之前把這些全部看完。

「唷！小管。」

我眼神淩厲地往窗戶看去，就見砂金爬窗進來。

「嘿！你看完……呃，你的眼神怎麼這麼可怕……」砂金重新把窗簾拉好。

「砂金，我們是朋友吧？」我站起身抓住砂金的肩膀。

「呃，這要視情況而定……」砂金皺起眉，「怎麼了？有求於我？」

「那疊漫畫，幫我看一半。」我認真看著砂金的雙眼。

「什麼？！」砂金驚呼。「那個，其實我是瞞著我家阿寶出來的，我現在得回去了不然牠會鬧脾氣……」

「騙人，你家阿寶現在一定在翻著肚子睡午覺。」我面無表情地看著砂金，「砂金，如果我今天晚上沒看完那些就死定了。你懂嗎？死定了。」

「既然你都快死了就別拖著我一起死……」

「放心，只是幾本書，死不了人的。」我冷笑。會死的大概就是腦神經節操和血管而已。

「你的笑容讓我倍感威脅。」砂金面色嚴肅。

「砂金，你想想，要是我因此掛了，小八會找誰當代替品呢？」我緊盯著砂金，「肯定會是新加入 CUP ★ LID，而且答應百分之百聽從總司令『工作命令』的新人了。小八是個變態，她就是個大變態，你別想要她給你正常的工作。既然你有一頭不算短的金髮，長得又好看，她肯定會要你綁雙馬尾穿上超短歌德蘿莉蓬蓬裙，還加上吊帶襪和燈籠內褲。」

砂金臉色泛青泛白，嘴角抽搐。

「想清楚，是燈籠內褲。」我面色凝重。

「好，我幫你看一半。」砂金也面色凝重。

我遞給他一本筆記本和一支筆，「你每看完一本，就把大綱和重點寫下來。如果我有看不懂的地方，會再問你。你看完的漫畫就堆成另一疊，這樣我們才不會重複。」

「沒想到我生平第一次做筆記，竟然不是為了建設學，而是這種詭異漫畫。」他接下紙筆，一臉悲壯。

我冷笑。「我生平第一次穿女裝，是為了拯救世界。」

「……幹。」

第九章　學校生活就該在考卷與緋聞中度過

我揹著書包，雙眼半瞇，駝著背走進校門。

星期六晚上，借助砂金的幫忙，勉強通過小八的考試……沒想到小八還不滿意，硬是又塞了一疊書給我。連續兩天睡眠不足，再加上詭異書籍的精神轟炸，我能活著從家裡走到學校就不錯了。

才剛站到鞋櫃前換上室內鞋，半夢半醒間就聽見鐘聲響起。

嗯，這是什麼鐘聲？遲到鐘聲？預備鈴？我掩嘴打了個大呵欠。還是根本就沒有鐘聲，純粹是我幻聽？嗯，有可能。我這幾天一直覺得總裁就躲在某根電線桿後，目露詭光地叫我櫻井。

打了個冷顫，我趕緊把鞋放好，關上鞋櫃，走上樓梯。

啊啊——這種時候，真想來杯提神的瑞巧冰淇淋蘇打。可愛的淺黃色蘇打，慢慢融化的瑞巧冰淇淋……嗯，好，今天放學一定要去買。

今天星期幾？啊，對了，星期一。早上第一節是什麼課？印像中好像是……建設學。天吶！建設學！又是建設學！今天肯定會發上次的小考考卷！哦，真不想面對那些紅字。

扶著手把，我有氣無力地拖著腿走上樓梯，拉開門走進教室。

全班都轉頭看我，違建站在講台前，陰險地推了推眼鏡：「希管．德古拉先生，你遲到了，快坐下。」

我這才稍稍清醒了些，趕緊到我的座位坐下。桌面上就放著我的小考考卷……哦，多麼漂亮的紅色花海。

我扶住額頭。

「既然希管．德古拉先生有令人欽佩的勇氣遲到，就代表他對建設學一定有相當的把握和自信。」違建佝僂的身軀一晃，清了清喉嚨。「既然這樣，我們就把第二大題第三題交給希管吧。」

我眼角一抽，看向考卷第二大題第三題。這題我零分啊。

「老師，我不會。」我硬著頭皮如實回答。

「哼。」違建從鼻腔發出一陣鄙視的悶哼。他推了推眼鏡，又清了清老痰。「遲到，上課不專心，學習成效不佳，希管．德古拉同學，平常分數扣三分。」

扣三分……又扣這麼重……我忍住仰天長嘆的衝動。

「咳哼，你們應該慶幸自己是高中生，不是大學生。」違建把手中的例卷拍到講桌上，「如果你們是大學生，咳哼，又給我教到，就算是必修也把那些學習態度不佳、學習成效不佳的傢伙全當了。即使不遲到，每節都來，只要分數低於我的及格標準，咳哼，我一定給他全當了。」

他深埋在皺紋裡的眼睛掃視了全班一眼，才又拿起考卷。

「之前我教過一個班喔，裡面有個學生竟敢在我的課上請公假。學校要找你幫忙，咳哼，你是不會拒絕嗎？你願意這樣冒著得罪我的風險去幫學校忙？」他冷哼了聲，「我還是他們的導師啊，咳哼，他們得看我三年。那三年他當然活得很不好。」

全班同學都低著頭很認真地看著自己的考卷，想著老師百年如一日的威脅故事什麼時候才會結束。

「所以，咳哼，你們也要小心點。」違建推了推鼻梁上的眼鏡，「我是你們的建設學教授，也是你們的導師。你們如果這三年，咳哼，還有未來，要活得好，最好不要得罪我。不然你們申請大學的備審資料，咳哼，別想找我幫忙看，看看其他班的老師願不願意幫忙吧！咳哼。」

他意有所指地看了我一眼。你看我做啥啊！明明砂金就翹掉了你的每一堂課。好吧，一定是砂金不來，老師表不到他，只好表我這個朋友代替……剛好我今天好死不死又遲到。

「你們也要叫那種每天都遲到，咳哼，又翹課的學生，多多注意一下。尤其是那種到處亂打架，咳哼，頭髮留得半長不短，染成亂七八糟的金色，又戴一堆耳環的，咳哼，哈哈哈……」他從喉嚨擠出鄙視的笑聲，「那種傢伙，平常成績掛蛋就不用說了，期末成績當然也好不到哪裡去。如果他整學期出席率低於二分之一，咳哼，教授我鐵定讓他退學。」

全班同學眼底露出一抹無奈。啊，導師又在表砂金了。不過砂金的出席率絕對高於二分之一，因為他幾乎只翹違建的課。其他課是出於順便才翹的。

而且他在班上混得很好，副班長會很有默契地只在建設學記他曠課，其他課都當沒看見，因為也只有違建的課會嚴苛盯哨，親眼看著副班長把曠課或遲到的人畫記上去。

還有，砂金的金髮不是用染的，是天生的。我和他十歲就認識了，從小到大看他都是那髮色。不過他的確是戴著一堆耳環沒錯，天知道他的左耳到底穿了幾個耳洞。

之後違建考題只花了三分鐘隨隨便便檢討完，其他時間都在碎碎唸，又佔用了下課時間繼續浪費口水。偏偏建設學連上兩節，我們不斷被他的冗言灌輸直到下一堂課的上課鐘聲響起、語文學老師站在門外等他說完，他才清了清喉嚨，雙手背在身後，向傻著走出教室。

違建就是這樣，平常沒開始罵人倒還好，會準時放我們下課——也通常只有整堂課都在小考時會這樣——但沒了小考，違建都是罵人罵到爽上課隨便幌的狀態。而且上課隨便也就算了，出的考題偏偏都刁鑽到極點，彷彿全班有任何一個人及格都是對他能力的污辱。

「哎，看你們這個樣子……」語文學老師走到講台上，看著全班萎靡不振的身軀與嚴重枯萎的靈魂。「給你們休息十分鐘好了，十分鐘後再上課。今天也提早下課好了。每次上完建杯的課，你們都是這樣啊。」他語帶感嘆。

違建的名字裡有個「建」字，語文學老師在我們面前私下都會叫他「建杯」。

全班發出一陣得到治癒的歡呼，跑的跑散的散，其他人則是累癱趴在桌上。

語文學老師是個戴粗框眼鏡的性格大叔，在星期一早晨，是學生被建設學摧殘之後的心靈綠洲。

砂金非常了解違建，時間算得很準，現在才回到教室。

他坐到我隔壁的桌面上，挑眉問道：「剛剛建設學上得如何？」

「哈，你又被表了。」我閉著眼趴在桌面上回答。「又是因為你的金髮和那堆耳環。」

他攤手。「他哪次沒表我再跟我說吧。」

「他說我們如果是大學生，一定會當光我們。」

「哈哈，那也要他當得成大學教授。」砂金笑了出來。

療癒的兩堂語文學課很快就過去了，語文學老師也在第二節時，爽快地依約提前二十分鐘下課。

離午鐘還有一段時間，我伸了懶腰，睡眼惺忪地去廁所洗個臉，讓自己的精神清爽一點。

扭開水龍頭，將涼水潑到臉上，抹了抹臉之後，我聽見後方那排廁所的其中一間沖水後開啟的聲音，便直覺性地抬頭，從鏡子裡看過去。

開門的是同班的七仔。他看見是我，眼睛瞪得老大，我愣了愣，還來不及和他打招呼，他就一臉驚恐地衝出廁所，連手也沒洗。

我疑惑地皺起眉。那是怎樣？我看了看鏡子，沒什麼特別的地方啊。我既沒露出獠牙，也沒做任何威脅的表情。再說我就算那麼做了，班上也沒一個會被嚇到吧，大概只會爆笑而已。

好吧，可能又是七仔在發瘋，這也不是沒發生過。

擦乾了臉後，我走回教室。一拉開教室的門，全班瞬間安靜。無論男女，都用非常詭異的眼神盯著我，連午餐也不吃了。

這……這是怎樣？我被排擠了嗎？我呆在教室門口。

「……之前那個男人……」

「……約會……」

「……在教室裡告白……」

一陣耳語傳來。

這徹徹底底、非常成功地勾起了我的記憶。

幹！對了！上星期五中午，考完建設學，九世跑來在全班面前說要跟我約會，而且我還被迫說出什麼熱情或什麼靈魂的……啊啊啊啊啊！都是該死的總裁，把我腦中所有東西都洗掉了啊！

「等等！各位同學！上禮拜五的事你們真的誤會了不少。」我立刻向前一步，邊冒冷汗邊解釋。

班上停止竊竊私語，懷疑地看著我。

很好，至少成功吸引了他們的注意力。

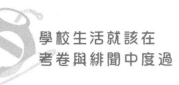

「上次那傢伙，是我父母的朋友的小孩。我以前就和他見過幾次面。」我壯起膽子，開始亂掰。「這次因為他們學校的活動，他必須飾演男主角。他在他們學校的人面前比較怕生，不敢找他們班上的女主角練習。這件事在他們一家來我們家一起吃晚餐時，讓我爸媽聽到了。所以我爸媽就拜託和他年齡相仿的我和他對戲。」

「為什麼不拜託你妹？你不是有個妹妹？」有人質問。

「我妹看完劇本之後，連唸台詞的餘力都沒有。」小八身為忙碌的總司令，學校出席率多少會受到影響，因此在學校，她都是裝成病弱美少女。就現實面而言，小八當然不會因為太病弱而無力念台詞……而是會在看完這種劇本之後大笑，笑得倒地不起沒有唸台詞的餘力。

又是一陣竊竊私語，不過這次看著我的眼神稍微少了點退避。他們也都很清楚我有個病弱美少女妹妹。

「那他為什麼會突然跑來我們學校？」又有人問。

「那天下午他們臨時要排練，他只好緊急跑來我們學校找我對戲，把我也嚇了一大跳，因為我根本沒背台詞。所以就變成他一個人在亂演的狀態。」我繼續掰。

「他不是有提到什麼女裝的嗎？」前排的人舉手發問。

「哦，他一直要我穿著女主角的戲服跟他對戲，說這樣他比較演得出來。」我嘴角抽搐。該死，憑什麼九世演男主角，我演女主角啊？混帳！剛剛講得太急，早知道就說他是女主角了！

「那你不是有說一句……那個什麼……熱情什麼的……」有人邊苦思邊質問。

「『對你的感情太過熱烈，燒痛了我的靈魂』。」有人非常完美地複誦了一遍。他娘的誰啊！連我都記不起來了你記這麼熟是記個毛啊！

「哦，那是我唯一記得的一句台詞。」我滿不在乎地聳聳肩，其實心跳快破表。「好了！可以了吧？這樣的解釋你們可還滿意？各位同學。」我攤手，環顧班上一圈。

全班又是一陣私語，不過這次看向我的眼光幾乎都是信任了。

哦！我的天，我真厲害。

我鬆了一大口氣，走回座位上坐下，就見砂金用非常欠揍的眼神盯著我。他肯定已經從對話中瞭解了上星期五的狀況。

就在我等著看砂金欠揍的滾地大爆笑時，全班突然又陷入一陣詭異的沉寂。我身後傳來一陣令我毛骨悚然的嗓音：

「希管。」

我渾身僵硬，轉頭。站在我身後的是賽維德．九世．路德維希。

「哎……哎呀，是你啊！」我嘴角僵硬，扯開一個輕鬆的笑容。「怎麼來啦？又要和我對戲？」

「你不是說要咬我？」他一記大刀就劈死了我剛剛編織的所有亂掰。

全班同學又是一陣驚呼，全部從座位上跳起。

「呃……對，對，戲裡好像是有這麼一段。」臉頰抽搐。

他皺起眉，沒有很理解我在說什麼。

廢話！連我自己也不知道我在屁話什麼啊！哪齣鬼戲裡會有「你不是說要咬我」這種爛台詞啊！

「你說咬一小口，應該不會痛。」他接著補充。

我靠！你為什麼好死不死就補充這一句！為什麼不補充「咬下去就不會被追殺」那一句啊！

全班又是一驚呼，全體男同學整齊劃一地連退三步，女同學大聲竊竊私語。

「為什麼他說要他咬他？」女同學用全班都聽得到的音量和隔壁的咬耳朵。

「妳白痴喔！把『咬』字拆開是什麼？」旁邊那個反問。

頰。

「『咬』？嗯，是口……矮咿額！我的天啊！太猥瑣了！」女同學面露喜色地捧著臉

妳是在喜個鬼啊！等等，把『咬』字拆開？那不就是口……幹！你們這群髒鬼！

「砂金！」我欲哭無淚地向砂金求救。「你知道真相的，對吧？對吧！」

全班的目光都轉向砂金。

砂金挑眉。

「真相嗎……」砂金垂下眼簾。

全班同學都瞪大眼睛盯著他瞧，我鬆了口氣。幸好，幸好他們還願意聽砂金的說詞。

好，太棒了，這樣還是能洗刷我的冤屈……

「真、真相就是……你都逼我做這個做那個，還用蘿莉裝和燈籠短褲威脅我，從下午一直到晚上都不讓我離開……」砂金撇頭，掩嘴拭淚。

全班一陣震耳欲聾的尖叫，所有男同學護住屁股光速奪門而出。

幹！幹幹幹幹幹幹幹幹幹幹幹幹幹幹幹幹幹幹幹幹幹！

「你說這什麼屁話啊！」我抱頭咆哮。

「怎樣？我有說謊嗎？」砂金攤手挑眉。

「逼他做這個做那個」……我確是逼他幫我看漫畫做筆記，但是幹！幹嘛用這種曖昧說法啊！「用蘿莉裝和燈籠短褲威脅他」……不是「我用蘿莉裝和燈籠短褲威脅他」啊！是「我用小八可能讓他穿上蘿莉裝和燈籠短褲威脅他」！「從下午一直到晚上都不讓他離開」……幹！還沒幫我看完漫畫當然不准離開！

靠，他還真的沒說謊。

我微笑，一拳揍向他。

THOSE ALIENS TASTE NOT GOOD AT ALL

第十章 超市裡，主婦是唯一且最後的勝者

在砂金倒在地上邊摀肚子邊狂笑打滾的時候，我朝九世道：「走吧。」便走出教室。

這次我學乖了，隨時都把小型耳機和電子隱形眼鏡放在制服長褲的口袋裡。我戴上耳機，旋開隱形眼鏡盒，將電子隱形眼鏡戴上左眼。電子隱形眼鏡本來就是戴一隻眼睛就好，我通常都是戴左眼。

「哎呀，不錯嘛，吸管。」小八的聲音傳來。「剛剛教室那段很精彩哦。尤其是砂金的表現，我果然沒看錯人。」

「吵死了……」我低聲道，額上青筋跳動。

「好消息，這段時間內異行者的好感度都沒有下降，現在反而還上升了。目前好感度為百分之七十七，比最後一次見面提升了百分之四。」小八說。

好吧，只差十三，只差十三！再提升十三，好感度達百分之九十，就可以真的給他咬下去了！我就可以脫離這種被誤解的地獄了啊！

「可是他現在明明就願意給我咬，為什麼不讓我咬？」我低聲問道。

「嗯……通常好感度到達百分之九十之前，異行者都不會願意被咬。你這種情況目前還是第一次發生。」小八的聲音聽起來正在皺眉。「或許是因為你長得像那個為了救他而被殺的初戀情人，所以他對你的信任補足了好感度。」

「那是他父王心腹的『兒子』，『男』的！不會是初戀情人，再怎麼說也應該是救命恩人吧……」我低聲反駁。「等等，『信任』能補足好感度？有這種事？」我皺起眉。

「『信任』和『好感度』縱然相互關聯，但並非同一種情感。確實會有好感度幾乎為零，但信任度超標的情況——例如有些孩子非常厭惡他們的父母，某種程度上對父母的信任度卻很高，確信父母絕對不會傷害他們、拋棄他們。他們對父母的厭惡則是對於父母管太多、太囉嗦之類的。這種時候就是信任高於好感度。」

原來如此，這麼說也有道理。

「所以若是男A信任度三十好感度七十的女友，要男A吃下一顆藥；和信任度八十好感度二十的父母，要男A吃下一顆藥……男A不會吃下女友給的藥，卻會吃下父母給的藥。」小八舉了例子。

嗯，有了這個例子清楚多了。的確，即使男A對女友的好感度有七十，他很喜歡他的女友，卻不怎麼信任……的確是會不敢吃下女友給的藥，畢竟有可能是禁藥或是其他什麼的。父母的話，感覺就會是感冒藥之類的吧？

「但是當好感度到達九十的時候……」小八頓了頓，「對方的信任度必定也會跟著飆高——這就是被愛蒙蔽了雙眼，無條件信任對方。這種時候，即使實質上——或稱理性上——的信任度沒有很高，也無所謂了。這就是為什麼得讓好感提升到九十的原因。」

「所以說，既然你這種是罕見情況……縱使他說了願意讓你咬，還是不要冒然行事比較好。我們還沒有這種應對資料，若是真咬下去了，他一痛之下被激怒，信任度瞬間破滅……那可不是拍拍他的頭頂就能解決的了。」

「畢竟，信任度可以在一瞬間瓦解，好感度卻是深植入心的。」

我嘆了口氣。「好吧……我會乖乖等到九十的。」

「希管，我們要去哪裡？」九世問道。

「嗯？」我愣了愣，此時才發現自己已經直覺性地走到了穿堂鞋櫃前，一副準備要翹課離校的樣子。

對耶，現在該怎麼辦？那百分之十三的好感度該怎麼提升上去？

正想問小八時，隱形眼鏡就傳來了選項：

①去澡堂，幫他刷背。

②帶到家裡，親手做一頓料理給他吃。

③上賓館。

……③是怎樣？③是怎樣啊！這選項真的越來越誇張了喔！是不是有人偷偷調高了CUP★LID主機的尺度？要是有肯定是小八啊！

該死，要是他們選③該怎麼辦！該怎麼辦啊！我打死也不要跟一個男的上賓館啊！即使他的過去再可憐，我也不能出賣自己的節操啊！

「吸管。」小八的聲音從耳機傳來。

不不不不不不！不要逼我和他上賓館——

「選二。」小八說道。

不不不不不不！別想要我出賣我的節……

「嗯？」我愣了愣。怎麼可能？她竟然沒有要我跟他上賓館？我雖然鬆了一大口氣，卻覺得非常詭異。

「現在就上賓館，他可能該『做』什麼都不知道。你這傢伙又是個門外漢，根本不知道要怎麼教他該『做』什麼，去賓館基本上只能看著床看著電視看著抽屜裡的保險套發呆，別說提升好感度了，就是下降都有可能。」小八的嗓音透出一股不屑。

我頓時有種被鄙視的不爽感。

「我是可以從耳機給你指示啦，但是——」小八頓了頓，「你可能連我的指示都聽不懂啊……」她嘆了一大口氣。

「……」我仍然有種被鄙視的不爽感。

此時我應該要慶幸不用上賓館才對啊！不能因為被小八用錯誤的價值觀鄙視，就不小心中了激將法跟她槓上，說「誰說我做不到我這兩天看了那麼多ＢＬ該學的都馬學會了」，這樣一來，男子漢大丈夫一言既出駟馬難追，我就真他娘的要上賓館了啊！

幸好幸好，幸好我是個有氣度的男子漢大丈夫，沒有給小八一激就秒棄節操。

「至於去澡堂刷背，能不能提升好感度也很難說。誰知道他喜不喜歡刷背？但若是到家裡，煮飯給他吃——食物是生命必需品，刷背不是。況且親手做的料理如果好吃，不只印象加分，吃到好吃食物和你本人之間的聯想也會讓好感再加分。」小八詳盡地解釋完畢。

於是，我轉頭看向九世，問道：「要不要來我家？時間正好，我做一些料理給你吃。」

九世看著我，點點頭。

為了怕家裡沒材料，我打算先繞去超市一趟。換好鞋，走向校門，我問道：「你想吃些什麼？」

他沉默片刻，才道：「你決定吧。」

我決定？嗯，我還真不知該做什麼給他吃才好……印象中，他好像不太喜歡鯛魚燒。除此之外……他到底喜歡吃什麼？他吃其他東西都是同一表情、同一反應，我根本不知道他到底覺得好不好吃。或許他全都覺得差不多？他其實有味覺障礙？

此時，隱形眼鏡傳來了選項：

①你的家鄉，有印象特別深刻的食物嗎？

②你應該沒吃過泡麵吧？告訴你哦，這東西方便快速又好吃呢★

③把我當成點心吃掉如何呢❤

……嗯，我發現了，最近第三個選項都是來亂的。我最好是能當飯吃啦！他當我的飯還差不多，至少我還能喝他的血當晚餐！②又是怎樣？為什麼用那種裝可愛的語氣叫異行者吃泡麵啊？這個選項有什麼意義嗎？有嗎？沒有吧！泡泡麵給他吃最好是能提升好感度啦！

CUP★LID的主機應該是沒梗了吧？所以分析結果才會越來越蠢。

這次，沒有意外地，小八道：「選一。」

「哎呀，真可惜，我支持第三個選項的說。」砂金的聲音也從耳機裡傳來。

這傢伙上工了？也太快了吧！而且竟然給我選三！娘的，砂金，不過要你幫我看幾本漫畫，你在全班面前出賣我還不夠，竟然還記恨到現在？我嘴角抽搐。

「怎麼了？快說啊！還是你連這個選項也不滿意？」小八不耐煩的嗓音響起。

我這才回神，看向九世，問道：「你的家鄉，有印象特別深刻的食物嗎？」

九世垂下眼，像是在思考，也像是在回憶。

過了許久，他才道：「帕斯堤。」

「帕斯堤？」我重複了一遍。「那是什麼樣的料理？」

他蜂蜜色的眼睛看著我，「圓形的，外皮像是盤子或淺碗，平底，裡面裝了餡料和乳酪。」

我稍微想像了一下。「你說的有點像我們這裡的派。」

「派？」換他反問。

超市裡，主婦是唯一且最後的勝者

「做法是不是用烤的？最上層的起司略呈咖啡色？嗯……外皮像是比較堅韌的餅乾？餡料加了奶油起司？」我連問了四個問題。

他雖然表情看起來沒有完全理解，仍然遲疑著點點頭。

「應該是鹹的不是甜的吧？」

他又點點頭。

「餡料有放些什麼？」

「肉、野菇、乳酪……」他微微皺眉。

「哦！那的確很像鹹派。」我搔了搔臉頰，「嗯，那我就做個奶油野菇雞肉派好了。」

沒有多久，我們就到了離我家最近的一間超市，「喵本超市」。

「喵、喵喵喵喵喵～嗚～您任性又可愛的好鄰居，喵本超市！喵、喵喵嗚～」超市裡的廣播器放出了喵本超市的主題曲。

喵本超市的員工，都穿著深橘和淺棕為主的制服。無論男女，頭上都戴著一對貓耳。

現在不是下班時間，而是中午過後沒多久，超市裡的顧客不算多，但也不至於冷清，還是有不少來採購的家庭主婦。

我和九世才剛踏進超市，我就發現了無數主婦黏在我們身上的目光。嗯？就算我穿著制服，擺明了就是翹課出來，有這麼……

我僵了僵，看向身邊的九世。

九世今天穿的不是以異行者身份出現時的長套服，而是之前去服飾店買的銀飾黑襯衫、長褲和靴子。黑衣和他一頭黑髮，令他的蜂蜜色眼眸更加顯眼。這樣穿是很好看沒錯——應該說，太好看了，讓我們變得非常顯眼。

修長的身材，冷峻深邃的五官，用黑色荊棘髮飾束起、帶點叛逆感的黑長髮……或許因為是王族，他的一舉一動都自然散發出一種高貴和傲然，背挺得比任何人都直，走路姿勢優雅——說他是揚名國際的模特兒都不會有人懷疑，只會懷疑自己的記性，竟沒記住這麼一個感覺就應該很有名的傢伙。

蔬果區邊的主婦手中的番茄柳丁掉一地；生鮮區的主婦怔忡中被手中半活的魚賞了兩尾巴；乳製品區的主婦張著嘴，試喝的牛奶瀑布般淌了一地；藥妝區的主婦試用到一半的大紅色口紅，從嘴角一路畫到耳邊；清潔區的主婦抓著試用的清潔劑噴了隔壁主婦滿臉，兩人卻都不自覺。

店員忘了結帳，顧客忘了付帳，所有人都愣愣盯著九世。

呃，好吧，或許來超市是個錯誤的決定。

超市裡，主婦是唯一且最後的勝者

似乎察覺到我在想什麼，小八突然道：「沒關係，繼續走，一起選購材料也是能提升好感度的機會。」

聽聞，我深吸了口氣，扛著超市裡所有人的目光，拿了一個籃子往食材區走。

說的也是，之前帶他去商店街，除了花店的老伯之外所有店員都是安排好的，早在螢幕上見過九世的長相，也難怪不會發生這種情況。

「呃，我看看……」為了消除緊張感，我喃喃數著要買的材料。「低筋麵粉家裡還有，雞蛋也還有，洋蔥、玉米、奶油也都有，現在就缺雞肉、馬鈴薯、鮮奶油、奶油起司和野菇……」

「哎唷，少年仔，你們怎麼費來這裡啊？」一個提著菜籃的主婦回過神，跑來找我們搭話，一雙眼睛直勾勾地看著九世。

「就速縮啊，速來這裡拍片的嗎？」又一個主婦回過神，臉上沾的鱗片也不拿掉，手中半活的魚扔在一邊。

「……」九世只是微微皺眉看著她們，沒答腔。

「我們是來這裡買晚餐材料的。」我回答。

「哎唷，晚餐的材料喔？」下巴和上衣都是牛奶的主婦也蹭過來，「來來來，要買什麼跟偶縮，偶帶你找便宜又品質好的東西。」

「哦……不、不用了……」我後退了一步，想拒絕。

「哎唷喂呀，少年仔就速費害羞，臉紅嫩嫩的金口愛捏。」試用口紅從嘴角畫到耳邊的主婦，伸出擦了鮮紅指甲油的肥短手指捏了捏我的臉頰。

「呃……」我的臉頰被捏著，我不知該做何反應。之前我一個人來超市採買明明都很順利，為什麼現在卻會被主婦捏臉頰？是因為跟九世走在一起？那為什麼不去捏九世臉頰？

九世冷冷地看著那群主婦，表情絲毫未變，彷彿在看一群蟋蟀。

嗯，一定是因為九世看起來太神聖不可侵犯了，感覺一捏下去就會被雷劈嗎？事實可能也差不了多少，不過不是被雷劈，而是被長槍劈就是了。

「欸，別害羞啦！少年仔，要買什麼就跟偶們縮啦。」手上還抓著清潔劑試用品忘了放下的主婦說。

「對啊對啊，讓偶們幫你們找。少年仔就是這樣，害羞得跟什麼一樣，嘿嘿嘿。」臉上滿是清潔劑的主婦也過來了。

在幫我找之前，先把妳臉上的清潔劑洗乾淨吧！那應該有毒吧！天啊！

超市裡，主婦是唯一且最後的勝者

最後，迫於主婦群的淫威，我只好把食材從實招來。

不過三分鐘，她們就找來了新鮮、品質好又便宜的雞肉、馬鈴薯、鮮奶油、奶油起司和菇類——因為現代根本沒有野菇可以摘，所以用蘑菇、鳳尾菇、斑玉蕈、杏鮑菇代替。

她們還奮不顧身地替我們向店員殺價——這是我第一次發現原來超市也能殺價，而且殺價殺到四點五折會不會太誇張……最後店長走出來，在看見九世的時候，呆愣愣地抓住他的手，說全部算他免費，只是上電視的時候要替他宣傳這間喵本超市——我當然替他答應了，因為這件事的前提是要上得了電視。

在超市裡採購了半小時，我卻疲憊得彷彿三小時。提著兩袋食材，才走了沒幾步，卻突然覺得手上一輕。

我轉頭，發現是九世替我把兩袋食材拿走，提在手上。

我愣了愣。「啊……我來提，沒關係的。」

九世道：「你已經揹著一袋了。」

低頭一看，我揹著的只有幾乎是空的書包。「我的書包很輕……」

他沒答腔，也沒有要把食材還給我的意思。

我搔搔頭，只好隨他去了。

不過他提著兩個超市塑膠袋，實在顯得違和又詭異，非常不合適，看起來卻又有種莫名的趣味。

「好——恩——愛——啊——」小八的聲音從耳機裡傳來。

「總……總司令，妳怎麼了……」狐裘的聲音。

「總、總司令，妳妳妳妳鼻血……」虎皮大姐的聲音。

「哎——呀——」小八拖長了尾音，語帶鼻音，聽起來是用衛生紙塞住鼻子了。「沒辦法，就連『總不』都沒這麼閃。」

什麼？！誰說的！哪裡閃了？怎麼可能比「總不」還閃！那個總裁和櫻井可是閃到翻的耶！

「『總不』？『總不』是什麼？」狼毫疑惑的嗓音。

「《總裁不要！》系列的簡稱。」鵝絨答道。

「呵呵呵，那可是經典中的經典啊……」小八也道。

「總……總司令，妳的鼻血又……」

「總司令，妳的表情看起來好像色老頭。」

我說……牙印的恢復力這麼高，妳竟然還能鼻血流不止，實在也是奇葩。

「呵呵呵。」老頭的笑聲。

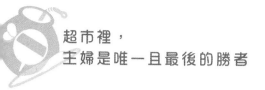

第十一章 做派的時候不該爭論攻受

THOSE ALIENS TASTE NOT GOOD AT ALL

我穿上圍裙，反手在身後綁帶。

「接下來到做好派之前可能會花一點時間……」我將冰箱裡的雞蛋、洋蔥、玉米、奶油拿出來。嗯，好吧，在我做派這段時間，九世難不成就坐著空等嗎？不如開個電視給他看好了……

「你可以先坐在這裡，看個電視。」我帶他到一邊的沙發，打開電視，再把遙控器交給他。「按這兩個鈕可以轉台，嗯，就是選你想看的節目。」

他接下遙控器，再看了看電視螢幕，雖然面無表情，但拎著遙控器左右翻看了一會兒，擺明就是沒用過的樣子。

好，讓他研究研究電視這東西也不錯，這樣他就不會沒事做了。

我轉身走回廚房，把馬鈴薯洗過之後，用錫箔紙包起，放進烤箱裡烤。再把雞腿肉拿出來，先用鹽巴及黑胡椒醃著。然後剝開奶油包裝，切成小塊，丟進調理碗裡加入鹽和黑胡椒，用橡皮刮刀攪拌。把低筋麵粉過篩，蛋黃蛋白分離，再將過篩後的麵粉和蛋黃加進剛剛的調味奶油裡。

「哎呀，真是個賢妻良母，這麼標準的受真的世間難找。」小八在耳機裡嘖嘖了兩聲。「受？受是什麼……喔，對了！是在下面的那一個……」

「等等！為什麼我會是受？！」我停下攪拌的動作。

「什麼為什麼？」小八反問。

「假設我跟男生在一起——只是假設——我再怎麼說也應該是那個什麼……總之就是男方吧！我怎麼可能當女方！」我拚命攪拌著奶油。

「哈哈哈哈哈哈哈哈哈哈哈哈哈哈哈哈哈哈哈……」砂金的爆笑聲。幹，欠揍。

「哥，沒想到……」小八的語氣充滿了關愛，「你原來……是這麼天真的人啊！」

「天個鬼啊……」我嘴角抽搐，用刮刀搗奶油。「我怎麼想都只能是男方吧！」

「哥，沒想到你不只外表總受，內心也總受啊。」小八語帶陶醉。

「總……總受又是什麼鬼……」我停下攪拌奶油的動作，突然感到一陣不妙。

「這個嘛……」小八沉吟片刻，「就是不管拖到哪裡都是受，不管配誰都是受，總之就是受中之最的意思。」

「什麼！」我大驚。「我怎麼可能是那種東西！」

「這句話就是總受們的名言。」小八涼涼道。

「不，妳自己想想……如果是我跟九世，怎麼想都是我是男人吧！」我深感不平。

「屁。」小八道。

「嗯，不可能。」鵝絨道。

「哈哈哈哈哈哈哈哈哈哈哈哈哈哈……」砂金的爆笑聲。難道你在那裡的工作就只有笑嗎？只有笑嗎？

「等等，我再怎麼說都是真男人啊！」我憤怒地把麵糰倒出來，用力搓成團。「你們自己想想，九世那傢伙都不怎麼說話，我要他坐在那看電視他就坐在那看電視，我帶著他走到超市，又帶著他走回家……之前又買東西給他吃，點東西給他吃，要他給我咬他就真的答應要給我咬——怎麼說都是我在主導吧！這樣我一定是真男人啊！」

「哈。」小八用鼻腔恥笑。

「嗯，天然受無口攻？賢妻受忠犬攻？」鵝絨嚴肅地分析。

「呵呵呵。」老頭的笑聲。

「到底為什麼你們會誤認我是受？」我惱怒地喊，把麵糰用保鮮膜包好，放冰箱冷藏。

「就因為他比我高嗎？還是因為你們逼我穿過女裝？」

「都有吧。」鵝絨道。

「你從頭到腳都是個受啊！」小八感嘆。

「呵呵呵。」又是老頭的笑聲。你這傢伙根本搞不清楚狀況吧！你是在笑什麼啊！

「根本不可能！我是個真男子漢……」我開火熱鍋，切下一塊奶油丟進鍋子裡，用鍋鏟在鍋底抹了一層，等整塊慢慢融化。再把醃好的雞肉放到鍋裡香煎。

趁這個時候，我打算先把洋蔥切丁，菇類切塊。

「為什麼你們會有那麼詭異的誤解？」我仍想辯解。「我根本就不可能是受！我的男子氣概，我的冷靜自持，擺明了就是真男人……」

此時，我腳下一滑。哦，剛剛攪奶油攪得太用力，我沒發現其中一塊竟掉了出來，現在正好被我踩到……天啊！即使我的恢復力再強，後腦撞上地面給他開花還是會痛到爆啊！

我閉上眼。

嗯？

我睜開眼。

上方是一雙蜂蜜色的眼睛。就見九世已攔腰接住我，不知道是怎麼從電視前瞬間移動過來的。

「哦，謝、謝謝……」我愣愣地重新站起。

「這樣你還說你不是受？」鵝絨道。

「你就是個受。」小八結論。

「哈哈哈哈哈哈哈哈哈哈哈哈哈哈哈……」砂金的爆笑聲。幹，我明天一定要殺了他。

★

我悲憤地切著洋蔥和菇類。

「我來幫忙。」九世的嗓音傳來。

我愣了愣，回頭，才發現他站在我身後。

他剛剛瞬間移動過來接住我之後，就已經換上那套黑底黃紋的異行者長套服了。基本上和他出現的那天穿得一樣，差別只在於沒有裝上左肩的黑色金屬護甲……感覺像從戰爭中的騎士，變成在街上巡視的騎士這樣。

「你要……幫忙做派？」我問。

九世點頭。

「喔，那……你把洋蔥和這些菇類切得和我切的這些一樣小。」我把菜刀交給他。

他接過菜刀，開始切洋蔥和菇類。見他切得滿順手的，我也放下心，戴上隔熱手套，打開烤箱。馬鈴薯已經烤好了。

我拿出馬鈴薯，剝開錫箔紙。馬鈴薯烤得剛好，不會太軟爛，也不會太脆。捲捲白煙冒出，我先把馬鈴薯剖半，其中一半切片，另一半切塊。

「切好了。」九世道。

我轉頭，發現他真的全切好了，還真快。

「喔！謝謝。接下來就是……」我先把洋蔥收集起來，丟到鍋裡用奶油炒軟，再加入玉米、菇類和香料繼續炒。

把炒好的內餡倒進碗裡，我把剛剛切成塊的馬鈴薯和煎好的雞肉都加進去。見九世還站在旁邊看我製作內餡，我問道：「要不要幫我桿派皮？」

他點頭。

我把麵糰從冰箱裡拿出來，把桿麵棍交給他，桿了幾下示範：「把這個桿成比手指再薄一些的派皮。」

在九世桿派皮的時候，我開始製作奶油起司餡。把奶油、鮮奶油、奶油起司加熱到融化，其間不斷攪拌以免燒焦，最後再加入一些檸檬解油膩。

當奶油起司餡完成時，九世的餅皮也桿好了。我將餅皮放進容器裡鋪好塑形，用叉子戳了幾個小洞，在底層整齊鋪上剛剛切成片的馬鈴薯，再均勻倒上內餡。奶油起司餡放涼得差不多了，我將它淋到派上，直到九分滿。

端起派，放進已經預熱好的烤箱，設定好時間。

「好，接下來只要等它烤好，就完成了！」我吁了口氣，扭開水龍頭把手洗乾淨。見九世盯著烤箱，沾了麵粉的手還沒洗，我便拉他過來，要他也洗洗手。

「吸管，好感度已經八十一了。」小八道。

八十一？喔，太棒了！只差九，只差九！只差九我就能解脫了。鬆了口氣，我回過頭，就看見九世正盯著書櫃上的相框看。

我走到他身邊。

「這是……」他遲疑道。

「這是我、我妹妹和我父母的合照。」我答道。已經好久沒注意到這張相片了。

嗯……？等等，他該不會是認出了小八就是凡．海爾的女僕吧？

「父母……他們不住這裡？」九世問。

「他們已經離開很久了。」我答道。幸好！幸好不是問你妹怎麼那麼眼熟之類的。

九世看向我。

我這才發現我的說法很可能讓他誤會了，趕緊改口道：「不，他們還活著。只是他們幾年前就出國旅行去了，也不知道什麼時候才會回來。只有偶爾寄幾張明信片，讓我們知道他們還活著。」

他只是若有所思地看著照片，久久才說了句：「活著……就好。」

我愣了愣。先是疑惑，而後想起他的過去，趕緊問道：「難不成……我父親長得和你父王的心腹──那個孩子的父親一樣？」

他也愣了愣，隨後搖搖頭，嘴角帶著一點淺淺的笑意，「不，不像。一點都不像。幸好……那並不是他。」他蜂蜜色的眼眸看著我。

「第……第一次！」小八驚呼，「『蜂蜜』第一次有點笑容了！吸管，好感度八十三……不，八十四！」

什麼？只差六了！不過……為什麼又提升了？是因為父母不在我身邊，讓他感到同病相憐？或是……因為他會不自覺地將我當成那孩子，我父親還活著這件事，多少減輕了他的愧疚？還是因為確定了我和那孩子並不是同一個人？

我皺起眉。

「叮！」烤箱響起。

我這才回過神。已經烤好了？時間過得比我想像得還快。我走到廚房，戴上隔熱手套，拉開烤箱。

烤得金黃的雞肉派呈現在我們眼前。喔喔！這色澤，這香味，這次烤得非常完美。我小心將派從模型裡拿出來，用磚紅色的盤子端上餐桌，找出兩個小盤子和叉子，還有切派的刀。

切了一塊熱騰騰的雞肉派裝到小盤子，我對九世道：「來，這塊給你。坐這裡吧！」

等他坐在餐桌邊，我把裝盤的派和叉子都放到他面前。「光是吃這個可能會有點乾，等我一下喔。」

我想想，奶油野菇雞肉派，應該要配上……紅茶？汽水？咖啡？花茶？不，果然還是奶茶……而且是薰衣草奶茶，再加點椰果會更好。

冰箱裡永遠都有冰涼的椰果庫存，我開始調配薰衣草奶茶。飲料比料理方便很多，不到五分鐘就調好了兩杯。我的那杯當然比較甜。

造形玻璃杯盛裝著椰果薰衣草奶茶，杯墊深橘花紋，和一支黑色造型吸管。我把飲料放到九世面前。嗯，這一桌好菜看起來根本就是藝術品。

等我脫下圍裙，也在餐桌邊坐下，九世才拿起叉子。

我吃了一口奶油野菇雞肉派。上層的起司金黃酥脆，派皮軟硬適中，內餡熟度剛好、調味也不錯。幸好，雖然很久沒做鹹派了，這次還是成功過關。

見九世也吃了，我問道：「怎麼樣？有像你說的……嗯，帕斯堤嗎？」

九世放下叉子，蜂蜜色的眼眸看著我，「和我在宮裡吃的非常像，只有肉質比較不同而已。」

「宮裡啊……那就都是專業廚師做的了吧？選肉也一定是極上等的……嗯，不對，應該說用的可能是完全不同的生物……」我用手指摩娑著下頷。

「也有幾次不是由御廚來做。」九世的表情變得柔和了些，「母后知道我喜歡吃，曾一度想自己做給我吃……」

「你母后會做菜？」真令我意外，我還以為王后都是只會拿扇子發號施令的。或許是他們法本卡恩比較不同，王后要樣樣精通？這也不無可能。

「不，完全不會。」九世道，「所以每當她這麼做的時候，父王的公文會突然多三倍，我則會用盡全力玩到天黑才回去。但是最後她總有辦法找到我們，讓我們把她做的帕斯堤吃掉。」

「那……那還真是……用心良苦啊……」我看著九世，心有戚戚焉。只要把他母親的角色代換成小八或是我母親，一切都不難想像。

「你平常都是自己做菜嗎？」九世問。

「是啊，父母幾年前出外旅行之後，就得由我來照顧妹妹。因為總是吃外面的不健康，所以就自己下廚了。時間久了，會做的菜也越來越多了。」

被逼得下廚，除了健康因素之外，最重要的原因是小八做的東西根本不能吃。而且她又是總司令，沒什麼時間下廚，一下課（或下班）回來就吵著要吃飯。

也是因為小八的要求越來越多，想到什麼就一定要吃，而且還不吃外面買的，就是要我做給她吃，才讓我腦中的食譜越來越厚。

「……謝謝你。這個非常好吃。」九世朝我露出一個淡淡的笑容。

我怔忡，片刻才反應過來，道：「不……不會，你喜歡就多吃一點。」

原來這傢伙會笑啊……

「嗚喔喔喔——蜂蜜笑了啊啊啊啊——」小八在耳機裡咆哮。

我的耳膜差點爆裂。

「天啊！這個法本卡恩的王子笑起來也太迷人！」狐裘驚呼。

「我對黑針種的笑容最沒抵抗力啦——」兔毛尖叫。

「面癱的笑果然是世界上最具殺傷力的武器……」鵝絨心有所感。

我再次忍下要把耳機踩爆的衝動。

嗯，現在想想，這還是第一次聽到九世說好吃。之前不管吃什麼，問他好不好吃，他最多也只是面無表情地點頭。

啊，除了鯛魚燒……

我皺起眉，不禁問道：「你為什麼會討厭鯛魚燒啊？」

他的動作僵了僵。

「是因為……紅豆餡嗎？」我又問。這傢伙感覺應該不太會挑食才對……

他沉默了許久後，才道：「因為……長得像魚。」

我愣了愣。

「像……像魚？所以……？」鯛魚燒就是長得像魚才叫鯛魚燒，不然就只是普通的紅豆燒而已。

他又沉默了一陣子。

「以前……母后吃魚的方式非常特別，而且她還會要我也跟她一起這麼吃……」他頓了頓，「……後來我就對吃魚變得非常反感。」

「吃魚的方式……特別……」我的腦袋運轉了一陣。到底是多特別的吃魚方式，才能讓九世這個人到現在還對於抱持恐懼？超辣調味嗎？

「……她都是生吃。」

生吃？那倒還好，不過就是像生魚片……

「而且在魚還活著的時候吃。」

什麼……？

「通常是她從河裡剛抓上來的魚。她說這種吃法是一種『征服』……」

「多……多麼地生猛啊……」我嘴角抽搐。這種吃法……是熊嗎？只有熊才這麼吃吧？

「不過這樣看來……你們那裡的魚應該和我們這裡差不多吧……」我問道。畢竟他看得出鯛魚燒長得像魚。

「嗯。」他點點頭。

那就好，這樣也只是像熊而已……如果那裡的魚長得還不像魚，例如有六隻爆凸眼睛或長了觸角之類的，那畫面真的可比地獄全覽圖。

「只是稍微大了一點。那裡的魚通常有兩個人高。」

他母后是熊嗎！是熊吧！不對，除了活吃，她還能從河裡「抓出」魚……這種程度已經是酷斯拉了啊！他母后到底是何方神聖？

等等，看九世強成這樣，就是要從河裡抓出一百條這種魚應該也不是問題……黑針種的體能本來就不是人類或牙印可比的，九世又是其中之最，這或許和遺傳也有關……他母后強成這樣也不是不可能。

「我……我非常能理解你不喜歡吃魚的原因了……」如果要被逼著生吃那種魚，還親眼看著母親這麼吃，不造成心靈創傷也很難。

吃完雞肉派和薰衣草椰果奶茶，我吁了口氣，靠在椅背上。

正想問他是不是要回去了，卻突然想到一個問題：「你來到這個世界……有地方住嗎？」

「嗯，有。」他答道。

原來他這麼快就摸熟這個世界了？是住在旅館之類的嗎？他的適應力還滿強的嘛。

「這裡的樹比法本卡恩的還舒服。」九世說。

「……樹？」

「嗯，雖然比法本卡恩少了一點，不過不算難找。」

「你睡在……樹上？」

「之前出任務的時候，時常需要露宿野外，較為安全的紮營處就是樹上，也就習慣了。」他頓了頓，「只是這裡好像比較少人這麼做。」

廢話！誰會睡樹上啊！

「那……那你吃飯怎麼辦？」我又問。

「原先是想自己打獵，不過循著食物味道去之後，有人就直接把食物送我了。」

把食物送你……哇，長得好看就是有這好處。等等，原本想自己打獵？打獵？這種都市你也能找到獵物？天啊！幸好那些商家有給你食物，不然這裡的松鼠和麻雀可能會在幾天內消失無蹤。

「那……那你洗澡呢？」

「這裡有河。」他理所當然地答道。

河……我的天啊！你在藍七號河裡洗澡？這……那裡的水質是很乾淨沒錯……不過沒被人發現移送警局實在很神奇。

這、這傢伙也太厲害，竟然能在都市叢林裡過著叢林一般的生活！

「哦，好機會！」小八突然道。「吸管，你必須邀請他住下。」

「什……！」我差點驚呼出聲，好在想起九世還在我面前，硬是把呼聲壓了下去。

「現在好感度已經八十五了，八十五哦。誰知道這種好感能持續到何時？這種時候最為關鍵，必須一口氣將好感度衝上去才行。邀他住下會是一個非常好的提升好感機會。」

小八頓了頓，「只是要你邀他睡這，又不是要你被他睡，你是在緊張什麼？啊，你放心，我今晚會睡在司令室，不會回去打擾你們。」

「……」我沉默。

「你自己想想，只差五、只差五了哦。」小八又道。

只差五……好吧，我就再撐一下。反正小八也說了，只是要我邀他睡這裡，不是要我被他睡……等等，小八不回來？呃，說得也是，不然很可能會被認出是凡．海爾的女僕，而且她還得留在司令部掌控情況，要是這件事出了什麼差池，她離異行者這麼近，要趕回CUP★LID可能也來不及了。

「九世，不如你今天就在這裡住下吧？一直睡樹上應該很不舒服……而且這裡有浴室，可以不用在河裡洗澡。」我說道。

九世愣了愣，蜂蜜色的眼睛看著我，停頓了許久才遲疑問道：「住這裡……可以嗎？」

「嗯，我妹今晚剛好會去住同學家，不會回來。你可以睡我房間，我有多的墊被。」

如果我說我去睡沙發，他可能就怕打擾而不敢留下來……我還是晚上再自己跑去睡沙發之類的。而且說不定在那之前，好感就能破九十了，這樣一來我也不必操心那麼多，給他咬下去就萬事ＯＫ了。

「謝謝。」他又露出一抹淡笑。

第十二章 兩個男人一起洗澡有什麼好害羞的

THOSE ALIENS TASTE NOT GOOD AT ALL

「我先收拾一下和鋪床，你先去洗澡吧。」我朝九世道。「浴室在那邊，走過去開門進去就是了。」

我轉身回餐桌，把空碗盤收到洗碗槽，拿抹布擦了擦桌面。奶油野菇雞肉派全吃完了，沒有可以留給小八的。我想她明天一定會再叫我做一次給她吃。

「希管。」九世的聲音。

「嗯？怎麼……」我回過頭，就看見他全裸站在那裡。

「全裸啊啊啊啊啊啊啊——」

「這傢伙身材也太好了吧啊啊啊啊啊——」

「不不不不鼻血啊啊啊啊——」

「嗚喔喔喔喔喔喔喔喔喔喔喔喔——」

司令部爆炸了。

我嘴角抽搐，暫時把耳機關掉，五秒後才打開。

我趕緊找了一條毛巾給他，「你……你先圍著這個吧。」

他圍上毛巾。

耳機傳來無數惋惜的哀嘆。

「怎麼了？」我問九世。

「沒有水。」九世回答。

沒有水？怎麼可能？難道停水了？我皺起眉，跟著他走到浴室，扭開水龍頭。咦，有水啊。

就見九世看著水龍頭，表情很是專注。

對了，他們法本卡恩聽起來就是個不會有水龍頭的地方……也難怪他不會用。

「這個往這裡轉就是熱水，往那裡轉是冷水。拉這個可以把水轉到蓮蓬頭，把熱水放滿那個浴缸等會兒可以泡澡。」我解說道。「呃……你知道洗髮乳嗎？潤髮乳？海綿？浴缸要怎麼放水？」

我每問一項他就搖一次頭。

嗚哇，他什麼都不會啊！難不成我要在這裡一樣一樣教？教完就天亮了吧……

此時，隱形眼鏡竟然傳來了選項：

①不然我跟你一起洗吧。

②我來幫你洗好了，九世。

③請接受我愛的洗刷刷吧❤

……這三個選項，無論怎麼看都是同一個意思啊。

最後一個又是怎樣！我看CUP★LID主機真的沒梗了是吧！「愛的洗刷刷」是什麼鬼啊！除了用詞不同，這三個選項到底有什麼差啊！

「嗯，三個選項都很棒。吸管，選二吧。」小八下令。

唉，好吧。至少不是要我選③。不過就是和男人一起洗澡，和澡堂還不是一樣？

「我來幫你洗好了，九世。」我說道。

九世看著我，點點頭。

「那等我一下，我去脫個衣服……」此時我才想起，司令部那裡可是有監控大螢幕的啊！要是我脫光不就慘了嗎？那些傢伙能在大螢幕上看我的裸體，甚至還能局部特寫啊！

我拉上浴室的門，僵持在更衣間。

嗯，好，我今天也圍著毛巾洗。

脫下上衣之後，我先在腰部圍好毛巾才脫褲子。

「你怎麼圍毛巾啊——」小八哀叫。

「誰要讓你們在大螢幕上看光啊？」我冷冷回道。

「可惡惡惡惡——」

「這種時候就是該兩個男人坦裎相見才能激起愛的火花……」

「肉啊！我要肉啊！節操什麼的都去死吧！」

「求脫光！求脫光！求脫光！求脫光！」

「露、點！露、點！露、點！露、點！露、點！露、點……」

我微笑，摘下耳機，放到一邊架上，才走進浴室。

☆

少了耳機，耳根子真的清靜非常多，幾乎是演唱會和圖書館的差別。

我們洗了一個清靜的澡，清靜地換了衣服，清靜地從冰箱拿出咖啡牛奶，我才很不清靜地戴上耳機。

「可惡，你怎麼現在才戴耳機啊！」小八怒吼。

「剛剛有很多機會可以叫你摸九世的肉、摸九世的肉、或是摸九世的肉啊！」

……這三個選項有什麼差嗎？

「一起洗澡的時候應該要有滑倒、撿肥皂或不小心酒後亂性的橋段才對！」

「……」我沉默。

「離睡覺時間還早，九世，我們就先去看個電視吧。」我對九世說。

「好。」九世應道。原本要他換上我的衣服，但我的衣服他穿不下，我只好讓他穿上爸爸的衣服。爸爸的衣服裡有很多黑色披風和長袍，正常的衣服很少，我好不容易才找到一件最正常的給九世。

洗完澡熱呼呼的時候，坐在沙發上喝一杯冰冰涼涼的咖啡牛奶，實乃天大的享受。九世應該也是第一次喝咖啡牛奶，他仍舊沒什麼表情，不過感覺應該滿享受的。

我打開電視，一開始就是新聞台。

「……上星期四發生的異行者入侵事件，編號七九一的異行者造成嚴重損害，西區幾乎全毀。目前我們看見的是一名在廢墟上烤蟑螂的鄉民……」

我趕緊轉台。上星期四發生的異行者入侵事件，指的肯定是九世。

「……現在記者來到了幾乎全毀的西區，我們來訪問一下在這裡烤蟑螂的民眾……」

又是九世的報導……怎麼還是烤蟑螂啊！我立刻轉台。

全黑的螢幕放出一陣抒情音樂。哦，這次總不是烤蟑螂了吧。螢幕亮起，是一名老伯的特寫，拍法柔和浪漫，歌詞開始播放，鏡頭拉遠，只見深情老伯手上拿著一串烤蟑螂——

「現在除了『藍色小雞』，『廢墟蟑螂伯』也非常地夯，甚至出現了這部『蟑螂蟑螂蟑螂伯』的剪接影片，在油兔伯網站上點閱率高達十六萬。我們可以看見，影片中蟑螂伯變成了一個眼瞳深邃、柔唱愛曲、用烤蟑螂串營救美女的大情聖……」

我立刻轉到電影台。

我說你們這些新聞，要報就報一些市區重建進度或異行者入侵時的預防方法不然就是入侵事件後續處理與國際對此事件的看法再不然就是幫助災民的募款資訊啊！怎麼每一台都在報蟑螂伯啊！

好吧，可能在這個社會之下，大家壓力都太大了，新聞公司的壓力也很大，只好鎮日播報能讓人心靈舒緩的溫馨小事。

我喝了口咖啡牛奶平復心情，抬眼看向電視螢幕，才發現電影台在播的正好是《齒光之城：吾鋸的愛》。

女主角拜倫對男主角愛倫坡說：「我不在乎自己變成什麼，只在乎能與你永遠在一起。」

「拜倫……」男主角愛倫坡往前了一步，站在陽光下，皮膚開始發光。

「愛倫坡，拜託你咬我一口，讓我變成你的同類。」拜倫說。

「但是，拜倫……」愛倫坡猶豫。

「愛倫坡！我不會讓命運鋸開我們的愛的。若命運真要如此，我會自己鋸斷這份命運。鋸斷自己與人類的連結，將自己變成另一種永恆的生物……」拜倫抓住愛倫坡。

「但是，拜倫……」

「愛倫坡，請你咬我，用你的牙齒鋸斷命運的雙手……」

「但是，拜倫……」

「愛倫坡，你答應過我的。現在就是那個時刻……鋸斷阻撓我們的命運吧！」

「嗯……好吧，拜倫。」愛倫坡抓住拜倫，利齒咬住她的脖頸。

「哦，終於！這毒液將鋸斷命運，讓我們永恆相愛，獲得永恆的幸福……」拜倫說道。
此時，畫面收起，螢幕顯示：

休息一下，《齒光之城：吾鋸的愛》馬上回來
下回放映：《復仇者齊萌》

哦，廣告時間到了。
我放下遙控器，喝了一口咖啡牛奶。
九世盯著螢幕一陣子，轉頭看我，突然道：「希管。」
「嗯？」我看向他。
「你說你要咬我，就是像那樣子嗎？」九世問。
「噗咳咳咳咳……」我被咖啡牛奶嗆到。咳了一陣，順了順氣，放下咖啡牛奶，我才道：
「呃，就某方面而言……還滿像的。」
「你和愛倫坡一樣嗎？」
「呃，就世人的認知而言……或許會把我們歸為同一種生物。但是我的皮膚不會發光，

我咬你也不會把你變成我的同類，只會讓你的體質更適合在這世界生存，不會再被那些人追殺。」

九世垂眼，沉默片刻。

他抬起蜂蜜色的眼，看向我：「這麼做……真的能獲得永恆的幸福嗎？」

我愣了愣。

「呃……這要看對你而言，幸福的定義是什麼，還有永恆的定義是什麼。」

沉默了很久之後，九世才道：「那麼，我希望你咬我。」

「嗚喔喔喔喔喔喔喔喔喔喔喔喔喔這是告白啊啊啊啊啊啊啊啊──」小八爆破我的耳膜。

靠！嚇死我，這樣對心臟和耳朵都很不好啊啊啊！

「吸管，好感度八十七。」狼毫道。

好吧，所以還不能咬是吧……我在心底嘆了口氣。其實我沒真正咬過人或什麼生物，從以前到現在幾乎都吃人類食物，頂多偶爾喝一包人造血。但是人造血真的頗難喝，一點都不甜，我寧願去喝番茄汁。

小百合她們因為是正規出任牙印，都接受過專業的囓咬學訓練，我只是個智囊團，對

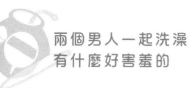

咬人壓根是個門外漢……好吧，總之就學小百合她們那樣咬應該就行了。

看起來是咬哪裡都行，小百合偏好咬脖子的頸動脈，薔薇偏好咬鎖骨下動脈，雛菊偏好咬手腕的尺動脈……其實和電視上的咬法感覺沒什麼差，應該是遵從本能咬下去就對了。

隱形眼鏡傳來了選項：

①必須等你更喜歡我一些……我才能咬你。

②時候……還沒到。

③不行啦，人家的牙齒還沒長齊呢★

最後一項又是來亂的。

我們一般在一歲半時會長出乳牙，在這之前和人類一樣都是喝母奶。在差不多三歲的時候會換一次牙，長出咬人用的鑿齒。十到十八歲之間又會換一次鑿齒，此時的鑿齒就是成年的象徵，基本上會用一輩子，但如果被拔掉了還會再長，就是會非常非常痛而且長得很慢。

「吸管，一。」小八下令。

嗯，好吧。經過這些天的磨練，我對說肉麻話已經有一定程度的抵抗力了。

我垂下眼。「必須等你更喜歡我一些……我才能咬你。」

九世看著我，許久後才道：「我該怎麼做？」

我看向他，有點無奈地笑了笑，「不，應該是我該怎麼做。」

「混帳——！這種時候應該要回答親我、抱我、睡我這『三我』才對啊！」小八怒斥。

看九世又沉默下來，我拍拍他的肩膀道：「你別擔心，只要順其自然就好了。現在就好好看電視喝牛奶吧。」

聊到這裡，廣告時間也剛好結束，《齒光之城：吾鋸的愛》繼續放映。九世看向螢幕。他好像很喜歡這部片，之後的時間他都看得很認真。

啊啊，有電視真好！這樣我就能不用說話了，莫名其妙的選項也不會跳出來煩我。這大概是我此生對電視最感興趣的時刻了。

看完《齒光之城：吾鋸的愛》之後，我們轉到卡通台又看了很久，九世好像喜歡名為《瘋狗樂園》的系列卡通，他連看了兩個小時共八集的《瘋狗樂園》都不累。

之後我們吃了一些庫存的甜餅配上牛奶，就上樓準備睡覺了。我在洗完澡的時候就鋪好床了，我房間地上多了一組鋪墊。

對了，睡覺時耳機還要戴著嗎？隱形眼鏡呢？

「吸管，你睡覺時就把耳機拿下來吧。只留隱形眼鏡就好了，如果有什麼事會用緊急影像叫醒你的，到時候再戴耳機。但是必須把耳機放在伸手可及的位置喔，不然可能來不及。」小八叮嚀的時間剛剛好。

我房間還算整齊，就一張床、一張書桌、一座書櫃，和一個小衣櫥。窗簾是父親堅持要我選用的遮光效果良好的厚暗紅黑紋布料，床鋪是父親擅自空運來的暗紅鵝絨床，地面是父親硬要我鋪上的很有吸血鬼氣息的黑色絨地毯。嗯，這地毯或許就是《總裁不要！》系列為什麼怎麼摔都摔不爛的原因。

此時我才注意到，床腳地上靠牆的角落，多了一隻深藍色的玩偶。應該是小八放的，她有時候會把一些怪東西放到我房間裡。

「我睡鋪墊就好，你睡床吧。」我對九世說道。

他搖搖頭。「不，你睡床。」

「我已經睡了很久的床，你多久沒睡床了？你睡吧。」我是真的這麼想的，一想到他這些年來幾乎都睡樹上，要不把床讓給他睡都很難。

九世沉默片刻，蜂蜜色的眼眸盯著我，然後——直接把我打橫抱起，放到床上蓋好棉被，轉身躺進地下鋪被裡。

這……這多有行動力啊！

「原來這就是傳說中的公主抱。」砂金嗓音嚴肅。

「吸管總受不解釋。」鵝絨道。

「……小八呢？」我問。

「在把剛剛的影像存檔無限重播，定格畫面設為司令部螢幕桌面。」

……幹。

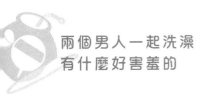

第十三章　醒來看見全裸美少女是經典老梗

THOSE ALIENS TASTE NOT GOOD AT ALL

當晚我睡得還不錯，幾乎算是一覺到天亮。

在還沒睜開眼睛，但是已經醒來的時候，我就感覺到身旁有人。

此時我已經預想得到會發生什麼事了：九世睡昏頭半夜無意識鑽到我床上，可能還不小心脫了衣服變半裸或全裸，當我爬起身戴上耳機時，就會聽見小八猖狂的大笑，以及聽說她已經把我和半裸男人同寢的照片設為手機桌布。

我精神上極度疲憊又認命地睜開眼。

一雙金黃色的眼睛盯著我，配上一頭深藍色的短髮。全裸的美少女看著我，面無表情地說道：「你醒了，主人。早安。」

「……」

我重新閉上雙眼。

啊，上天真是善良，難得會讓我作這麼正常又美好的夢。但是上天，您要知道，夢醒之後面對現實，會比沒作夢而認清現實，痛苦個一百倍啊。

而且我說，如果要作夢，為什麼我夢裡的全裸美少女會面無表情地叫我主人呢？這種時候應該要雙頰泛紅有點嬌羞地叫我主人比較常見吧。

好吧，總之等我再次睜開眼時，就會看見全裸的九世在我旁邊了。

我睜開眼。

「早安，主人，你又醒了。」全裸的深藍短髮美少女面無表情地看著我。

「……」

我重新閉上雙眼。

讓我想想，這應該是小八的把戲，不然就是九世突然性轉了。沒錯，這也不無可能。哦，或是我的夢還沒醒。不，也有可能是壓力太大，所以我瘋了。

等我睜開雙眼，如果全裸美少女還在，就是山洪爆發板塊位移彗星撞地球世界末日的時候了。

我睜開眼。

「早安，主人，你到底想醒幾次。」全裸美少女面無表情地看著我。

「……」

「喔不不不不不不不——山洪爆發板塊位移彗星撞地球世界末日了啊啊啊啊啊

——」我痛苦地抱頭跳起。

「主人，你不正常。」全裸美少女面無表情下了結論。

九世站在房門口，手上拿著一杯牛奶，面無表情看著這裡。

「九、九九九九九世！這這這這這不是你想的那樣……」解釋到一半突然覺得詭異，只好抱頭吶喊：「這這這到底是怎麼回事啊啊啊——」

「主人，你太吵了。」全裸美少女面無表情下了結論。

「希管，冷靜點。她沒有要傷害你的意思。」九世拿著牛奶說。

「不不不，我沒有擔心她傷害我的意思，我擔心的是我精神扭曲的程度……等等，你看得見她？」

「當然，主人，你瞎了嗎。」全裸美少女說。

「妳、妳妳妳妳……」我不敢看她，只能撇開頭指著她，「妳妳妳妳妳到底是哪位啊！」

「主人，你好過份，人家昨天就在這裡了。」她仍然面無表情。

「昨……昨天？」我怔忡，看向九世。

「她的確很早之前就在這裡了。」九世回答。

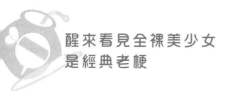

「不、不可能啊！我、我我我沒看見妳……」我抖著唇。

「不，主人，你的確看了我一眼。」她說。

「什、什麼？」我怎麼可能看了一個全裸美少女一眼還完全沒有印象？這不科學！

「夜空，妳還是變回原樣一下好了。」九世說。

「好吧，主人還真任性。」她說完，身上突然長出深藍色的羽毛，接著越縮越小、越縮越小……直到變成一隻深藍色的小生物。

毛茸茸的深藍色小生物用牠金色的雙眼盯著我。

嗯……？還真的有點眼熟……這不是昨天在我床腳的絨毛玩具嗎？

「妳妳妳妳妳……」我指著牠。

「這是她原本的樣子。她是一頭羽龍。」九世說。

「羽……龍……」

深藍色小生物的羽毛蓬起，逐漸變大，羽毛縮回皮膚裡，變回剛剛那個深藍短髮的美少女。羽龍型態的她和人類型態的她，左眼角都有一枚奇怪的印記。

「是的，主人。」美少女面無表情地解釋，「我們羽龍因為沒有龍鱗保護，只有柔軟的羽毛，所以需擬態成其他生物才能提升存活率。」

「不……呃……妳為什麼要叫我主人？」

「因為你長得很像我以前的主人。而且你的氣息也和他很像，主人。」

「妳……妳以前的主人……」我停頓片刻，看向九世，九世也看著我。嗯，好，我不知道該怎麼辦了。

最後，我只好問道：「妳……呃，羽龍，妳怎麼會在這裡？」

「我不叫羽龍，我叫夜空。」深藍短髮美少女說。

「呃……夜空，妳怎麼會在這裡？」

「我跟著那隻泥蟲來的。」美少女看向九世。

「妳……妳跟他來的？妳也是從法本卡恩來的？」我頓了頓，看向九世。「她……她為什麼會跟著你來？」

「她是來追殺我的。」九世說道。

「……」我沉默片刻。

「妳……妳為什麼要追殺他？」我問。

「我是萊斯的寵物。萊斯為了保護那隻泥蟲，失去了性命。」夜空說。

「……萊斯……」我看向九世，九世垂下眼。「萊斯就是當初代替你的……」

九世停頓片刻，才點點頭。

「所以……妳為了替主人向他復仇，才一路跟到這裡來？」

「我這幾年都沒暗殺成功，只好一直跟著他找機會。結果不小心也掉進洞裡，就和他一起到這裡來了。我聞到了很像主人的味道，就找到了這裡。」夜空說。

「是……是嗎……」我沉默片刻。「呃，我再問一個問題……妳為什麼會是全裸？」

「因為我喜歡裸睡。」夜空回答，仍然面無表情。

「……」

我看向九世，九世也面無表情，絲毫沒有想吐槽她的意思。

最後，我只好道：「妳、妳能穿件衣服嗎？」

「好吧，主人。」她身上逐漸覆蓋羽毛，變成一套衣服——

「這……這是什麼衣服……」我看著她。那身衣服很明顯就是執事服。法本卡恩聽起來應該是個有點古羅馬又有點中古歐洲的地方，怎麼會有執事服？

「這本書上的衣服。」她從我床下拿起一本書。

我看向封面，《熱戀★性感執事》。天啊！這是小八要我看的男男漫畫的其中一本！

我趕緊搶下那本書，扔回床下。

「妳……妳沒有正常一點的服裝可以換嗎？」

「正常？」她反問。

「女生穿的衣服。」

「喔，好的。」她身上的執事服變回了羽毛，逐漸變成另一套衣服——

「這……這又是什麼衣服……」我看著她。那身衣服，很明顯是裙子超短的女僕裝。

「這本書上的衣服。」她又拿出一本書。

我看向封面，《少男☒女僕》。又是小八硬塞給我的書啊啊啊！封面上其中一個男生穿著的超短女僕裝，夜空重現得非常完美。

我奪回那本書，悲憤地扔回床底。

「妳……妳還是換回剛剛那套好了。」我嘴角抽搐。

「好吧，主人。」女僕裝變成一層羽毛，又變回剛剛那套執事服。

★

下樓準備早餐之前，我戴上耳機。

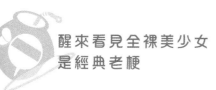

「唷，早啊，吸管。」小八的聲音馬上傳來。

早餐該做什麼呢？我看看，簡單的兩片烤吐司、一顆荷包蛋和兩片培根好了。嗯，再配上一杯鮮奶或柳橙汁。

「你昨晚和一個裸女睡一起啊。」小八又道。

我把土司放進烤吐司機，開始煎荷包蛋和培根。煎鍋滋滋作響，飄出培根的香氣。

「小管，我好羨慕你啊。」砂金的聲音。

叮！吐司烤好了，我把那兩片吐司裝盤，再放兩片進去烤。蛋和培根都煎得差不多了，我將它們裝成三盤。

「唉唷——色情狂吸管——」小八道。

「跟妳相比，沒有人膽敢自稱色情狂。」我翻了翻白眼，把另外兩片烤好的吐司裝盤。

「我趕著去上課，快遲到了，別在那裡瞎起鬨。」

「哦，不必了。」小八說，「我已經替你向學校請公假了。」

「請假？」我停下手邊的動作。

「九世的好感度仍然是八十七。我們必須採取行動。」小八頓了頓，「你吃完早餐就過來吧。你可以要九世在家裡等你，他應該不會亂跑。」

醒來看見全裸美少女是經典老梗

「哦，好吧。」我將完成的三份早餐送上餐桌。

九世已經坐在餐桌邊了。夜空看了看我，再看了看九世。我拉開一張椅子：「呃……坐這裡吧。」

「好，謝謝主人。」夜空坐下。

「……妳一定得叫我主人嗎？」

「不然我該叫你什麼呢？主人。」夜空反問。

「呃……希管？」

「哦，好，主人。」

「……妳不是要叫我希管嗎？」

「嗯，主人。」

「……」

好吧，我了解了。

「主人，這是什麼？」夜空用手拎起一片培根。

「妳可以用叉子……」我把她的叉子挪過去，「那是培根，嗯……就是腌燻豬肉。」

她看著叉子，沒有想使用的意思，直接用手拎著培根放入嘴裡。

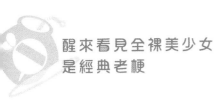

「這個味道好複雜啊，主人。」她邊嚼邊說。

「那……妳可以配吐司吃。」我把荷包蛋對切，半熟的蛋黃緩緩淌到盤面上。「這個味道很複雜……那妳平常都吃什麼？」

「魚或是肉或是鳥吧。」她舔了舔手指。

「……」鳥？我沉默了一下，才道：「那些魚和肉……或是鳥，妳是怎麼吃的？」

「主人，你蠢了嗎？當然是用嘴巴吃啊。」她又拎起一片培根，吃掉。

「不，我是指……怎麼烹調？」

「什麼烹調？」她皺眉反問。

「呃……妳是怎麼處理那些魚、肉和鳥的？」

「哦。抓到，然後吃掉。」

生……生吃嗎！我大驚。

這……這和九世的母后有得比啊！而且誰知道法本卡恩的鳥到底是不是鳥，說不定是長得像山豬的羽毛怪物啊！

太、太恐怖了……我一陣毛骨悚然。不過想起她原本是毛茸茸的藍色小動物，我就稍微能理解了。畢竟本體是動物，本來就是用生吃的……如果變成人類的樣子，生吃的畫面會非常恐怖。

我正叉起一塊荷包蛋時，夜空的右手突然變成一把巨刃，猛地砍向九世。

鏘！

九世手中瞬間多了一柄黑色長槍，面無表情地擋住夜空的攻擊。

夜空收回右手，抓起荷包蛋，吃掉。

手中的長槍消失，九世吃了一口培根。

我看著他們，手中的叉子和荷包蛋一起掉落盤面。

他們兩人都面無表情地繼續吃早餐。我也只能撿起叉子，繼續吃蛋。

吃完荷包蛋，正叉起一片培根時，夜空的右手突然化為泛著金屬光澤的巨大利爪，猛地揮向九世。

鏘！

九世手中瞬間多了一柄黑色長槍，擋住夜空的利爪。

夜空的右手恢復原狀，抓起烤吐司開始啃。

九世收起長槍，開始吃荷包蛋。

我手中的叉子連同培根一起摔落盤中。

整個過程，這兩人都絲毫沒有任何表情，而且只看著盤中的早餐，完全沒看對方一眼……彷彿夜空送過去的不是刀爪，而是鹽罐。

把盤中的食物都吃完，夜空舔舔手指，把盤子伸過來，金色的眼睛看著我。

「再來一盤，主人。」

「哦……好……」我接下盤子，走向廚房。

第十四章　季節限定一直都是女性錢包的弱點

THOSE ALIENS TASTE NOT GOOD AT ALL

據說我今天的課被小八請了公假。

我要九世在家裡等我回來，他竟然說好，然後乖乖打開電視看《瘋狗樂園》。夜空吃完早餐，原本想跟來，我說沒辦法，她也乖乖跑去暗殺在看卡通的九世。

我出發前往 CUP ★ LID 飲料自動販賣機。

這時候，我應該會站在飲料機前猶豫該買牛奶酪梨、蜂蜜玫瑰、藍莓優格或草莓抹茶咻！

——但是，我繞過飲料機正面，直接走到背面，點了星星符號，輸入一串密碼。

我出現在司令部？不，我出現在 CUP ★ LID 的中樞。

我怎麼可能不買飲料呢？我當然要買，只是不是在 CUP ★ LID 飲料販賣機買，而是去 CUP ★ LID 中樞的飲料部買。這次的密碼和之前不同，所以不會直接到司令部去，而是繞了遠路到 CUP ★ LID 中樞。

現在CUP★LID中樞飲料部有季節限定的水蜜桃椰果聖代奶茶——「水蜜桃公主」！

「水蜜桃公主」今天上市，只有在CUP★LID中樞飲料部才買得到，之前在員工部就貼了預告海報，在通往司令部的走廊上也貼了幾張。

這也算是先在公司內部調查市場，所以凡是CUP★LID中樞裡的食物或飲料，CUP★LID成員從掃地工到總裁……呸！從掃地工到總司令，全都能免費且無限量取用。

販售日期就是今天！季節限定的水蜜桃公主！我已經期待很久了，水蜜桃加椰果加聖代加奶茶……聽起來多麼完美，像一場水蜜桃公主的華麗華爾滋！

所以其實今天無論小八有沒有叫我請公假，我都還是會來CUP★LID一趟。

一抵達CUP★LID中樞，我就立刻邁開腳步往飲料部去。

CUP★LID幾乎所有東西都是粉紅色的。深粉、淺粉、亮粉、桃粉，從掃地工的制服到金屬質的地板，從總裁的領結……呸！從總司令的領結到各部門的招牌，全都是粉色系。CUP★LID的中樞，簡單來說就是把科幻片裡的高科技場所全調成粉色調，這樣形容就很好想像了。

越過了好多好多粉紅色，我終於抵達了飲料部前。現在時間還早，又已經過了早餐高峰期，飲料部前沒什麼人在排隊。

我衝向其中一個無人排隊的窗口，喊道：

「一杯水蜜桃公主！」

「給我水蜜桃公主！」

嗯？我愣了愣，看向旁邊和我同時大喊的人。那個人也驚訝地轉頭看我。

這……這……這不是小百合嗎？！CUP★LID的清純無辜美少女，出任牙印中的最大紅牌……不，王牌！我竟然有幸見到她本人，而不是在大螢幕上看到！

我呆呆看著她。

她本人比螢幕上看起來更加清純無辜美麗啊！白皙的皮膚細緻如陶瓷，雙唇紅潤如清晨的花苞，一雙戴了寶石綠隱形眼鏡的大眼水盈動人，微捲的奶白色長髮如絲綢，難怪那麼多異行者都拜倒在她的百合裙下！

怔忡了許久，我才想起應該要向她打招呼，趕緊清了清喉嚨，緊張地說：「百……百合小姐，妳……呃，妳妳妳好……我是司令部的……」

「希管．德古拉。」她替我接了下去。

我呆住。

她……她怎會知道我的名字？

百合用那雙水盈盈的綠眸上下打量了我一陣，然後撇開頭，低哼了聲。

我又呆了呆。剛剛……小百合有對我低哼一聲嗎？不，怎麼可能。她可是CUP★LID最清純、最無辜的美少女，不可能會有那種行為。一定是因為我太想喝水蜜桃公主，才會聽錯。

「百……百合小姐，我……」我還想和她說話，順便搞清楚我剛剛出現的幻覺和幻聽是怎麼回事。

「兩杯水蜜桃公主。」窗口送出了兩杯美麗高貴的奶橘色聖代飲料。

小百合沒再看我一眼，伸手抓起那兩杯飲料，轉身離開。

我呆呆看著她的背影，一秒後才反應過來，「等……我、我的水蜜桃公主……」她連我的那杯一起拿走了。

「你自己再點一次！」她頭也不回地說。

我呆了呆，搔搔腦袋，回頭面向窗口。

「一杯水蜜桃公主？」窗口裡剛剛那名員工問。

「呃……是的。」我回答。

這次水蜜桃公主很快就做好了。我向員工道了謝，拿起水蜜桃公主。

季節限定一直都是女性錢包的弱點

「嘿——小百合，妳買好啦？」一陣嗓音響起。我聽過這陣嗓音，那是……

我一轉身，就看見向日葵站在小百合旁邊。向日葵也是CUP★LID的出任牙印之一，她是一個有著深棕色短髮、頭上別著向日葵夾、頗有運動氣息的陽光美少女型牙印。

「買好了。」小百合答道。

「哎呀，小百合，妳這次買了兩杯呢。」薔薇也走了過來。

薔薇也是出任牙印之一，有著暗紅色的波浪捲長髮，豔紅的嘴唇，和豔紅的雙眼。她是七個出任牙印裡，唯一不用隱形眼鏡遮掉紅色虹膜的人，是性感巨乳大姐姐型牙印。

除了小百合、向日葵、薔薇，紫羅蘭也在。紫羅蘭一頭淺紫藍的長髮整齊綁起，戴了一副眼鏡（平光眼鏡，只有因工作造型需要才會戴），右眼角下有一顆淚痣，深紫色的眼眸深邃而冰冷……是知性冰山美少女型牙印。

這、這裡竟然一次聚集了四位出任牙印！CUP★LID也就只有七位出任牙印而已，此時此地竟有四位都待在這裡！清純無辜美少女、陽光美少女、性感巨乳大姐姐、知性冰山美少女……我的天，我以後再也不要直接去司令部了，一定每次都從CUP★LID中樞繞遠路。

「沒辦法，還不是他害的。」小百合一雙綠眸看向我……雖然我很想說「瞪」向我，但是清純無辜的小百合怎麼可能那麼做呢？肯定是眼睛有點酸才會感覺像用瞪的。

……嗯？等等，她剛剛說了什麼？我？我怎麼了？我害她拿了兩杯飲料？我害的？為什麼？我呆呆看著她，一頭霧水。

「他害的？」薔薇挑起一邊的眉，豔紅的眸子看向我。「哎呀呀，這不是……希管．德古拉嗎？」

呃？薔薇怎麼會……也知道我的名字？

「哦？希管．德古拉？」向日葵也跳了過來，臉湊得很近，緊皺著眉，橘黃色的眼眸盯著我。「唔——」

突然被一個陽光美少女臉湊得這麼近，我嚇了一大跳，不禁往後退了一步。

「原來他就是希管．德古拉啊。」向日葵雙手叉腰，明白了什麼般兀自點了點頭，「唔喔，這樣就說得通了。」

呆愣了許久，我終於能反應過來：「這……這是……妳……妳妳妳們為什麼會知道我的名字？」

「哎呀。」薔薇掩嘴一笑，「德古拉先生，你不知道嗎？」

「知、知道什麼？」

「我們幾個出任牙印當然都知道你啊，你那麼有名。」向日葵理所當然地說道。

有名？我很有名？難不成是我富有男子氣概又冷靜自持的事，其實已經傳遍CUP★LID，擁有愛慕者無數了？我內心一陣暗爽的光明。

「的確。」薔薇走近，「和傳聞中的一樣呢。」

和傳聞中一樣？和傳聞中一樣富有男子氣概、冷靜自持又英俊？我不禁害羞起來，正想謙虛地回答「哎呀真是過獎了我也沒那麼好啦」的時候，小百合開口了。

「哼，他哪裡好了。」她喝了一口水蜜桃公主，表情透出一點生悶氣的感覺。

嗯？剛剛真的是小百合說的嗎？還是我聽錯？我困惑地皺起眉，應該是我聽錯了吧？

「哦，小百合生氣了！」向日葵嘻嘻笑著，跳回小百合身邊。

「我才沒生氣。」小百合撇開頭。

「咦，因為他贏過我們七個，所以妳才生氣？」向日葵睜大眼睛，歪頭面向小百合問。

「就說了我沒生氣。」小百合有點惱怒地喊，「而且他也沒贏過我們，只是僥倖罷了。」

「哎呀呀，小百合，別這麼說嘛。」薔薇摸了摸小百合的頭，小百合有點賭氣地微微癟著嘴。

「……贏？」我這才發現不對勁，「我、我贏過妳們？這是怎麼回事？」

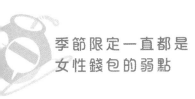

「咦！什麼『這是怎麼回事』？」向日葵驚訝地睜大橘黃色眼睛看著我，「你贏過我們，你怎麼會自己不知道？你不是司令部的人嗎？」

「我是司令部的沒錯……但是『贏過妳們』是怎麼回事？我們並沒有比過賽吧？」我問道。

「哎呀呀，看來這位小貓咪還不知道呢。」薔薇手指貼在下頷，露出一個成熟的微笑。

「你雖然是第一次上場，但是輕易就馴服了CUP★LID這個世代以來唯一一個動用所有出任牙印都馴服不了的異行者……」

「這件事已經成為知情者之間的傳奇了喔！」向日葵插嘴道，「我們七個都失敗了呢，你真厲害！」

「呵呵，真想看看當時傳奇的水手服呢。」薔薇掩嘴微笑。

水……水手服……不！不不不不！她們連我穿過女裝的事都知道了？「這件事已經成為知情者之間的傳奇」？我的天啊！

「才不是傳奇！」小百合突然道，「那個只是僥倖！只是因為異行者習慣了我們七個的出場，換成一個穿女裝的噁心男人才會一時嚇到，忘了攻擊！」

呃……！我完全無法反駁……等等，這些話是小百合說的？小百合？不會吧，怎麼可能？這這這這……這不是小百合……

「咦！小百合，妳果然在生氣吧？」向日葵道。

「我就說我沒有在生氣嘛！」小百合淚眼汪汪地撇開頭，鼓起腮幫子。

「哎呀，小百合……」薔薇抱住小百合，摸了摸小百合柔順的奶白色秀髮。「乖乖，向日葵是開玩笑的，沒有人說妳在生氣。」

「哼……」小百合這才稍稍恢復過來，紅著臉推開薔薇，「別……別把我當成小孩啦！」

「好好好。」薔薇笑著攤手。

小百合轉過身來，纖纖素手指著我：「總之，你這傢伙並沒有贏！我才不承認我輸給你這個男扮女裝的變態！」

嗚呃！小百合一針見血的發言刺得我心臟噴血。原來……原來這才是真正的小百合嗎？嗚嗚，看來我一個大男人穿女裝竟然比她們七個美女出任牙印成功馴服異行者，真的讓她受到很大的打擊與傷害。雖然說這次真的是非常非常僥倖，長得和九世小時候的救命恩人很像……

暗自給自己的心臟秀秀，平復了一下受傷的心靈之後，我看向小百合：「百合……小姐，妳說的的確是事實……九世……那名異行者的確是被我的服裝嚇到，才冷靜下來。」

我垂下眼笑了笑，「真的很對不起……我並沒有要贏過妳的意思，我也不覺得自己贏過了妳。身為司令部員，看著妳每一次傑出的表現，我一直都非常敬仰妳。妳是CUP★LID的不敗傳奇，這點是沒有人會懷疑的。」

「唔……！」小百合臉一紅，收回指著我的手，垂下眼，「我……我並不是這個意思……」

「看吧，人家都這麼說了。」薔薇摸了摸小百合的頭，嘆了口氣道：「妳得對自己更有自信一些才行。」

「哇噢！希管，你真的是個好人耶！」向日葵驚奇地下了評論，「被小百合這樣罵都沒有生氣。」

「我、我才沒有罵他……」小百合撇開臉反駁道。

「呃……總之我還是要澄清一下……」我抬手說，「那件女裝真的不是我自願要穿的，是我們總司令逼迫我穿的。也不是我自願要下海……呃，暫時成為出任牙印，是為情勢所迫……那是我生平第一次穿女裝啊……」

說到這裡我不禁為自己悲慘的命運感到欲哭無淚，不但被迫穿女裝、被迫和男人約會，

季節限定一直都是女性錢包的弱點

第一次和美女出任牙印見面，竟然是被小百合指著鼻子罵「男扮女裝的變態」……嗚喔喔，上天啊，能不能讓我有正常一點的發展啊？例如正常地在學校被別班的女生告白，正常地和女生約會，不然就是有美少女轉學過來我們班之類的。

「咦？是被逼的啊？」向日葵驚訝地眨眨眼，「那你們總司令很有眼光耶。」

……啥？

「的確，小貓咪你不穿女裝太可惜了……」薔薇走了過來，修長的手指挑起我的下頷，紅眸微瞇。

她她她她離得好近，我能清楚看見她的薔薇耳環，甚至能聞到她身上傳來的薔薇花香。為、為什麼要這樣抬起我的臉？

「嗯，白皙的皮膚，漂亮的眼睛，睫毛很長，五官細緻又精美，柔細如貓毛的淺棕色髮絲……加上骨架小、比例上雙腿修長，身高差不多是一六八吧？」薔薇搖頭嘆了口氣，「哎呀呀——這種條件，不穿女裝是暴殄天物啊。」

「就是說啊，可惜司令部的影像不能外流，不然我真的很想看看你穿短裙水手服的樣子。」向日葵雙手環胸跟著附和。

「他穿起來一定很好看……對吧，紫羅蘭？」薔薇放開我的臉，轉向一直沒說話的紫羅蘭問道。

紫羅蘭並未將目光離開手中的書，只淡淡回了一句：「我沒興趣。」

「哎呀呀，真是的。」薔薇有點無奈地笑了笑。「小百合，妳也想看看他穿女裝的樣子吧？」

太棒了，現在了解小百合的真實性情，已經可以猜到小百合一定會撇頭說「我才不想看呢」，解救我不斷受傷的男性自尊心。快說吧，小百合！像剛剛一樣反駁！說我一點也不適合！說我像個男子漢！說我是個男子漢啊！

小百合眨了眨綠眼，歪頭道：「嗯……其實，我也滿想看的……感覺真的會很合適……」

……在這一瞬間，我多麼希望吸血鬼照到陽光就會化成灰的傳說是真的。我好想化成灰啊。

「對吧，我的眼光真好是不是？」一陣熟悉的嗓音傳來。

「咦，總司令？」向日葵驚訝地喊。

「哎呀呀，真的。」薔薇點點頭，「總司令的眼光實在太好了。水手服的清純和他的禁慾感很搭呢！而且又是短裙的，更引人遐思了。」

「小……小八？！」我驚喊，「妳、妳怎麼會在這裡？」

「你買個飲料買這麼久，我當然只能親自出馬來抓你囉。」小八攤手，「吸管啊，你怎麼來中樞買飲料，會比在外頭買飲料還久啊？」

我這才想起水蜜桃公主，低頭一看，發現塑膠杯外都結滿小水珠，裡面的聖代快融化了。

「不！水蜜桃公主！」我趕緊喝了一大口。

哦哦哦哦哦！天啊！好喝！好喝啊！就和我想像的一樣，水蜜桃、椰果、聖代和奶茶完美地共舞，成為一場獻給水蜜桃公主的華麗華爾滋！果然是季節限定，夠甜啊！

「喂，回神。別自己在那裡開小花。」小八在我臉前彈了兩下手指。

我這才回神，嚥下那口美麗的水蜜桃公主。「什麼？怎麼了？」

「正好，你們已經相互認識了吧？」小八看了看我，又看了看小百合她們。

「哦，已經相處得很愉快了。」薔薇微笑回答。

「是嗎？那就省得介紹的時間了。」小八說道。

怎麼了？這是怎麼了？我喝著水蜜桃公主，來回看了看小八和小百合她們。

小八對上我疑惑的眼光，說道：「之後的『蜂蜜好感破九十計畫』，需要這幾位出任牙印的幫忙。」

「嗯？」我愣了愣。

「我要妳們四個，施展渾身解數——」小八拖長了尾音：「調戲吸管。」

第十五章　和四個女生約會然後爆炸

THOSE ALIENS TASTE NOT GOOD AT ALL

我走在回家的路上，身邊有著四個美女。

清純無辜美少女、陽光美少女、性感巨乳大姐姐、知性冰山美少女……為了調戲我，她們都換了衣服：小百合穿著短袖的清純連身裙；向日葵穿著黃色貼身背心和牛仔短褲；薔薇穿著低胸的暗紅貼身長版上衣，以衣為裙底下沒有其他布料；紫羅蘭穿著有點休閒風的開領短袖直排扣條紋襯衫，配上時尚的高腰短褲。

這四個不同款式……不，不同類型的美女就在我身邊，要跟著我回家吃晚餐。

太陽斜掛在天邊，現在大約是放學時間了。

「我說……小八啊……」我低聲對遠在天邊監控我的小八說。

「怎麼了？」小八的嗓音透過耳機傳來。

「這個作戰根本不可能成功吧……」我說道。

「為什麼？」小八反問。

「這……九世把我和他以前的童年玩伴兼救命恩人重疊……」

「所以？」

我頓了頓，深吸了口氣：「所以他怎麼可能會因為吃醋就好感度提升啊啊！」

「這你就有所不知了。」小八嘖嘖了兩聲。

「有所不知個頭啊！不要把全世界的男人都當成同性戀啊！」我抱頭吶喊。

「嗯，我確實沒有那麼做。」小八說，「因為他不是這個世界的男人。」

「……」我只能無語望蒼天。

「吸管，你放心好了，我們會盡全力讓蜂蜜吃醋的！」向日葵安慰地拍了拍我的肩膀。

「沒錯，小貓咪，你要更相信你自己一點哦——」薔薇也露出嫵媚的笑容。

相信什麼啊！要我相信什麼啊！妳們這樣根本沒有安慰到我啊！

「反正無效的話，你也沒有損失嘛！你到底在抗拒什麼啊？」小八問道。

我在抗拒妳的邪念啊啊啊！

「就是說啊，小貓咪。」薔薇輕輕摸上我的臉頰，再抬起我的臉，笑咪咪地說：「如果蜂蜜沒吃醋，你就當成是和四個漂亮姐姐吃了一頓美好的晚餐囉。」

「呃，呃呃呃呃呃好……」為……為什麼說話沒事要摸著我的臉……

「而且說起來，最該抗拒的是她們四個吧？」小八又道，「她們可是被蜂蜜轟過的呢。」

「哎呀，就是說嘛……」薔薇嘆了口氣，「我的肝臟和胃費了好大的勁才長回來呢。」

「喔喔！當時我的整隻右手臂找了好久才被找到，不然現在右手可能才長到一半而已呢！嘿嘿。」向日葵也開心地舉手道。

「我的左半身都扎滿碎石，腰側的肉也不見了……」小百合癟嘴。

「我的肋骨失蹤了三根。」紫羅蘭道。

「對不起，我錯了。」

我立刻低頭認罪。

「放心，以防萬一，這次有把珍藏的一次性透明防禦衣拿給她們穿。很貴的哦。很貴的。」小八強調。

「對了，總司令，為什麼只有我們四個來啊？小雛菊、風鈴草和月桂呢？」向日葵問。

「哦。一方面是七個的話場面會有點亂，太多人了……另一方面是雛菊年齡太小不適合這種工作、風鈴草不太會調戲人、月桂還有模特兒工作抽不開身。」小八道。

「哦——」向日葵煞有介事地點點頭，「真可惜呢，好想小雛菊喔。」

「哎呀，就是說啊。好久沒給小雛菊一個愛的抱抱了。」薔薇也惋惜地嘆道。

「哇，快看……天吶，第一次看見這麼多美女走在一起……」右方傳來了熟悉的嗓音。聽起來像是七仔。「哇靠，這真是我最美好的一次放學時光……」

「嘿，看清楚，她們已經有男伴了……」這次的嗓音也很熟悉，聽起來像手榴彈。「……咦？那不是吸管嗎？」

「……」我臉頰僵硬，脖頸僵硬，假裝耳朵被蠟封了，什麼也沒聽見。

「什麼？怎麼可能……哇靠！媽的，真的是他！」

「他今天不是請假嗎？」

「他請假就是為了和這四個極品美女約會？幹！他不是已經有一個黑髮男朋友了嗎！」

「他男女通吃吧。」

「哇靠，靠靠靠靠，真他媽的沒節操。」

「沒辦法，誰叫他是吸管呢？」

……你這話是什麼意思？

「說的也是。」

……你這又是什麼意思？

「可惡，明天找砂金幫我們一起給他蓋布袋！」七仔怒道。

「呵，這你就有所不知了。」手榴彈語調輕快，「有比蓋布袋更有趣的方法。」

「什麼方法？」七仔趕緊問。

「讓他穿上女生制服。」

……幹。

「喔！這個好玩！拍照留証駭到學校網站貼在首頁！哈哈哈！砂金不是也被他用性感蘿莉裝和吊帶襪和網襪整過嗎？他一定會很樂意幫我們把吸管整回去的。」

性……性感蘿莉裝和吊帶襪和網襪？我什麼時候用這個整過砂金了！不是短裙蘿莉裝和燈籠褲嗎！我第一次這麼痛恨自己身為牙印的超凡聽覺。

「但是有個問題。」手榴彈又道。

「什麼問題？」七仔緊張地問。

「吸管可能只會很爽。」

「喔，說的也是。」

……幹！

「哈哈哈……七仔跟手榴彈，太優秀了哈哈哈哈……」砂金猖狂的大笑聲。「太棒了，小管！女生制服，哈哈哈……我一定會全力以赴嘿哈哈哈哈……」

額間青筋跳動，我把耳機關掉五秒，才又打開。

「哈哈哈哈哈哈哈哈哈哈哈……」

我再度把耳機關掉五秒。

「唷，吸管，你的同學很有慧根耶。」小八驚嘆。「不過既然是制服，應該要再加上貓耳和貓尾……」

我把耳機關掉五秒。

「……鎖鏈和拘束衣。哦，還有馬鞭也不錯。」小八嘖嘖了兩聲。「好啦，快要到家了，吸管，做好準備喔。」

緊張感這才回來，我深呼吸壓下過快的心跳。

「嘿！別緊張，就說你帶女性朋友回來吃飯。」小八說道，「你昨天不是才跟他一起洗澡？怎麼現在才緊張？」

「哎呀呀，洗澡……」薔薇掩嘴一笑。

「喔喔喔喔，打得火熱喔！」向日葵也來參一腳。

「男人和男人一起洗澡很正常吧……」我說道。不過，她們這樣起鬨確實消除了我的緊張感。

站在大門前，我吸了口氣，拉開門。

九世就站在門口，腳邊還有一隻深藍色的金眼貓，應該是夜空的擬態。

「你回來了。」九世看著我和我身後的四位美女，面無表情。

「呃……我回來了。那個，今天我請這些朋友回家吃晚餐。」我對九世說道。

「哎呀，又見面了，你好。」薔薇對九世說。

「嘿！我的手還很痛呢，哈哈。你好！」向日葵也道。

「你好……」小百合撇開臉，看起來非常不情願。

「……」紫羅蘭沒說話。

九世看著她們，仍然面無表情。

沉默持續了一小段時間，我趕緊道：「啊，走，我們進去吧。」

「打擾了——」四位出任牙印跟著我走進來。

我直接走到廚房，洗洗手換上圍裙，問道：「妳們晚餐想吃什麼？」

因為已經串通好了，四位牙印一致答道：「派！」

「哦，好。要吃哪種派？櫻桃派？杏仁派？」我又問。

「奶油野菇雞肉派。」她們答道。

「好，那妳們可以先去看電視等我做完派，或是在哪裡聊天打發時間都可以。」我邊說邊從冰箱拿出和昨天完全一樣的食材。

她們四人對看了一眼。

「哎呀呀，那怎麼行。我也來幫忙小貓咪你做吧！」薔薇抽出一件圍裙穿上。

「喔，我也是！我也來幫忙。」向日葵也套上一件圍裙。

「我、我也來幫忙吧。」小百合穿上圍裙。

「沒辦法……我也來吧。」紫羅蘭輕嘆了口氣，穿上圍裙。

咦！原來連這個都是有備而來嗎？竟然全員都事先準備了圍裙。

之後的場面既鬧騰又混亂，因為她們四人幾乎完全沒下過廚。

「哎呀呀，這種蘑菇觸感真有趣。」薔薇說。

「等等，蘑菇不能剁成碎末……」

「哈哈哈，這個麵糰好好玩耶！」向日葵說。

「啊啊！派皮要用桿的，不能用搥的……」

「為什麼奶油能變成黑色？好特別。」小百合說。

「那個奶油起司餡要攪拌啊！不然會燒焦！」

「這個火不太對勁。」紫羅蘭說。

「嗚啊啊！雞肉餡燒起來啦啊啊——」

當完整的派終於送進烤箱時，我抹了抹額頭上的冷汗，大大鬆了口氣。

「好了，再來就等半小時就能吃了。」

「哎呀呀，沒想到小貓咪你這麼會做菜呢。」薔薇摸了摸我的頭。

「好想吃喔——」向日葵趴在烤箱邊。

「唔，廚藝只比我好一點點而已……」小百合咕噥。

「很有趣。」紫羅蘭道。

「那……那現在做什麼好呢？」我偷偷瞄向九世，發現他看著別的地方，仍然面無表情。

「蜂蜜的好感度仍然是八十七。」狐裘說。

「那就只好採取激烈一點的手段了。女孩們，派對開始啦！」小八宣佈。

率先開始行動的是向日葵。她突然繞著廚房跑，然後用爽朗又有點害羞的表情道：「你可以追著我跑喔。」

「喔喔喔喔喔喔！出現了！向日葵的『大絕第一式·你可以追著我跑喔』！」兔毛驚呼。

「太驚人了！『大絕第一式·你可以追著我跑喔』真的會讓人有種想追上去並大喊『別跑啊❤』的感覺！」鵝絨道。

「有種在金色夕陽海邊沙灘的感覺！逼得不自覺想大喊『啊哈哈哈❤來追我啊』！」狐裘道。

我呆呆看著向日葵的「大絕第一式·你可以追著我跑喔」，片刻後才反應過來，驅動雙腿跟上她，笑道：「哈……哈哈……別、別跑啊……」

跑了一圈，她才停下來，我也跟著停下。

她抬起橘色的眼眸看著我，雙頰微紅，露出一個爽朗又透出害羞的笑容，「嘻嘻，我跑得好累呢。」向日葵拉起我的右手。

「呃，我也是……」

等等，這個模式……該不會是向日葵的大絕第二式……

「啊，跑得心跳得好快喔！」她有點慌張地喊道，「怪了，一般不會這樣的，為什麼和你在一起就……」她懊惱地皺起眉。

「我的心跳真的不太對勁，你摸摸看！」向日葵拉著我的手，要貼向她胸口。

我呆住，在距離一公分前，迅速將手抽回來，左手抓著右手臉頰發燙地喊道：「呃呃呃……我認識一個不錯的心臟科醫師……」

「天啊！剛剛那是……」虎皮大姐驚呼。

「剛剛那就是已經絕跡許久、人稱夢幻絕招的『大絕第二式．我的心跳真的不太對勁你摸摸看』！」兔毛激動大喊。

「我的天！傳說中的『大絕第二式．我的心跳真的不太對勁你摸摸看』！沒想到這真的存在！」狐裘震驚。

這時候，小百合也走了過來。

她握住我的雙手，綠色眼眸從下往上看著我，水汪汪的眼中盈滿擔憂：「剛剛跑了那麼久……你沒事吧？」

「呃……不，其實也只是繞了一圈廚房……」小百合的綠眸如兩汪深潭，彷彿要把我整個人吸進去了。

「喔喔！這個！百合的『絕對角度』！由下而上完美精準的四十五度角！」鵝絨驚呼。

「這就是經典的『絕對角度』！天啊，不愧是把『絕對角度』發揮到極致的清純女神！」狐裘讚嘆。

「我好擔心……」小百合垂下雙眼，眼底盈了一層水光，「要是你的心發生了什麼事……」

「不！不不不，沒事的！我的心臟很健康！」看見她泛淚，即使事先知道這是她的大絕四號，我仍然慌張地向她解釋。

小百合抬起纖纖素手，貼上我的左胸口。

「如果你的心怎麼了，就讓我成為你的心吧……」她抬起濕潤的綠眸，手的柔軟觸感透過衣服傳到我胸口。

「不不不不不好意思謝謝妳對不起——」我瞬間往後跳開，有種臉會沸騰爆血管的感覺。

「這……這就是傳說中的隱藏版大絕，唯一能讓小百合主動觸碰對方的大絕……！」狐裘大驚。

「『如果你的心怎麼了就讓我成為你的心吧』！這種隱藏版大絕，竟然會在此時此刻出現在我眼前！我何德何能修來的幾世福氣！」兔毛語帶感動的哭腔。

「竟然是『如果你的心怎麼了就讓我成為你的心吧』！『如果你的心怎麼了就讓我成為你的心吧』啊啊啊！」鵝絨激動大喊。

此時，換紫羅蘭走了過來。

她深紫色的眼眸凝望著我，精緻的五官有如高聳冰山上的雕塑。

我嚥了口唾沫，看著她深紫色的眼眸。

時間就這樣過了五分鐘。

「不！天啊！這是……這是因為需時過久而變成隱藏版的奇蹟絕招——『五分鐘凝望』！」虎皮大姐驚喊。

「這、這就是傳說中的『五分鐘凝望』！紫色隱形眼鏡更讓她的眼眸如一團魔霧，即將吞噬觀者的心魂！」鵝絨震驚喊道。

紫羅蘭開口了，她用清冷的嗓音道：「你喜歡……被踩嗎？」

我呆住。「呃……還好……」

「出、出現了！撐過『五分鐘凝望』之後，將能開啟紫羅蘭的S女王開關！」兔毛驚呼。

「天啊！出現了！CUP★LID三大女王之一——冰山S女王．紫羅蘭！她終於開啟了女王開關！」狐裘激動搥桌。

紫羅蘭看著我，突然揪住我的領口，冰冷的面容湊近我：「給我說實話，你這隻蟯蟲。」她一腳踩上我的腳，讓我一路痛到腦門，「你的存在意義，就是讓我清理鞋底。」

「我……我說的是實話……」我含著淚，卻不敢縮回感覺快粉碎性骨折的左腳。

「天啊！這是冰山S女王的絕招——『清理鞋底的蟯蟲』！」狐裘驚呼。

「『清理鞋底的蟯蟲』！只有紫羅蘭變成冰山S女王，才有百分之三十七點六四的機率能發動的大絕！『清理鞋底的蟯蟲』啊！」鵝絨震驚。

「不、不會吧！這就是榮登CUP★LID十大S技榜的絕招．『清理鞋底的蟯蟲』嗎！我、我我我我我我死而無憾啦啊啊啊——」

我我我我的腳要碎啦——

叮！

烤箱發出了聲音。

紫羅蘭愣了愣，看向烤箱，腳上的力道突然變輕了。

「啊……派、派烤好了。」我趕緊道。

紫羅蘭的眼神有點迷茫，一會兒才恢復正常，把腳移開。

「啊，冰山S女王被烤箱聲音驚醒，變回普通的紫羅蘭了……」鵝絨語帶惋惜。

「嘖！難得一見的冰山S女王竟然被烤箱……」兔毛語調陰險。

難道就沒有人關心我的腳嗎？

我含淚走到烤箱邊，戴上隔熱手套，把香噴噴的奶油野菇雞肉派端出烤箱，弄出模子移到瓷盤上。

四名牙印都湊過來，看著剛出爐的派。

「哇噢——看起來好好吃！」向日葵瞪大眼睛，吸了吸口水。

「哦，不愧是小貓咪。很成功呢。」薔薇揉了揉我的頭頂。

「唔……比、比想像中好一點啦。」小百合道。

「很香。」紫羅蘭道。

我把派端上桌，找出六組餐具。此時想起夜空的存在，看見貓形的她坐在樓梯上甩著尾巴看這裡，便又多拿了一個盤子。

將奶油野菇雞肉派切好，分配到小盤子中，其中一盤放到貓形夜空面前。

我對一直沒看這裡的九世道：「那個……九世，派做好了，一起來吃吧？」

九世仍然沒看我，大約停頓了十秒之後，才起身走過來坐下。我們德古拉家的餐桌是長形的，我坐主位，九世是坐在我對面離我最遠的位置。

「目前蜂蜜的好感度仍然停留在八十七。」小八道。

嗯，對嘛，就說吃醋這招是絕對沒用的吧！小八到底在想什麼啊？

「嗚喔喔喔！好出！好好出喔！」向日葵將雞肉派往嘴裡塞，一邊發出讚嘆。

「還、還算不錯。」小百合吃了幾口後說道。

「美味。」紫羅蘭道。她的盤子不知何時竟然已經空了。

「哎呀呀，真的非常美味。」薔薇道，「只不過……現在只剩下我沒有對小貓咪展現愛與熱情呢！」

嗯？對，只剩薔薇沒有放大絕……

薔薇朝我微笑，用叉子切下一口派叉起，送到我面前：「來，小貓咪，啊——」

我嘴角抽搐，感覺臉頰開始燃燒。

「快，吸管，人家都叫你『啊』了！」小八催促。

我深吸了口氣，硬著頭皮道：「啊、啊……」

薔薇將派送入我口中。我嚼了嚼，食不知味地嚥下。

「哎呀，真乖，不愧是小貓咪。」薔薇笑咪咪地揉了揉我的頭。

「這、這是……」兔毛震驚。

「剛剛那個……並不是任何絕招……」狐裘也道，「那只是經典款的普通技——『啊』！」

「但是，薔薇卻將『啊』此等普通技運用得無比華麗、無比自然、又無比煽情！」鵝絨震驚讚嘆。

「這簡直就是傳說中的『啊』了啊！足以當選CUP★LID百大經典場面！」虎皮大姐感動地讚賞。

「哎呀呀，小貓咪一直臉紅，真可愛呢！」薔薇掩嘴笑道。

我……我的男子氣概……

之後，四位牙印和我聊了一些無聊的話題，但歡笑聲不斷就是了。其間九世不發一語，臉上和剛開始一樣都完全沒有表情。

最後，等大家都吃得差不多，我站起來把盤子收到洗碗槽之後，站在我身邊的薔薇突然道：「小貓咪，你看那邊。」

「嗯？」我愣了愣，看向她指的方向。樓梯？那裡什麼都……

一陣力道襲來，我只感覺整個臉被硬壓到很軟的東西上。

周遭一陣驚呼。

「嗚……！」感覺難以呼吸，大約三秒之後，我才突然醒悟——這薔薇的香味，這香噴噴軟綿綿的觸感——

我被薔薇壓到了她胸口。

「這這這這這這這！」兔毛震驚。

「竟竟竟竟竟竟竟竟竟然！」虎皮大姐大驚。

「怎、怎麼會！這、這這這這不是據說失傳已久的『香噴噴軟綿綿窒息面具』嗎？！」鵝絨拍桌。

「天吶！不、不不不只需要勇氣，還必須先天條件優良才能施展的秘技．『香噴噴軟綿綿窒息面具』！」狐裘用激動到快要窒息的嗓音道。

「竟然……！」小八也驚了，「薔薇，妳……給妳加薪三個月……」

「竟竟竟竟竟然有辦法讓總司令加薪！還一次加三個月！天啊！這就是傳說中『香噴噴軟綿綿窒息面具』的威力嗎？！」狼毫超大驚。

「『香噴噴軟綿綿窒息面具』啊啊啊啊啊——」虎皮大姐吶喊。

「……哎呀？」薔薇稍微把我拉離胸口。

「哇、哇賽……他還活著嗎？」向日葵驚訝道。

「他窒息了嗎？」小百合問。

「呵。」紫羅蘭笑。

過了許久，我才反應過來，跳起身往後連退五大步直到背部撞上牆壁，感覺臉部血液如沸騰岩漿：「妳……妳、妳妳妳妳妳妳妳妳妳妳妳妳妳妳妳……」

「哇喔！活過來了，但是臉紅得好像快爆掉了！」向日葵道。

「哎呀呀……臉這麼紅，真是太可愛了，呵呵呵！」薔薇開心地走過來。

「嗚等等等等等等……等、等等等等……」我直覺地想逃，偏偏卻剛好在牆壁與熱爐之間的角落。

「好啦！女孩們，使出最後手段吧！」小八下令。

「喂，我說希管……」向日葵湊過來，「你、你到底喜不喜歡我啊？」

「你喜歡我嗎？蟯蟲。」紫羅蘭也過來，深紫色的眼眸定定望著我。

剛、剛剛是冰山S女王模式嗎？那不是要凝望五分鐘才會出現？現在怎麼跑出來了？

「希管……」小百合也湊過來，纖纖素手捧住我的臉頰，「請你……喜歡我好嗎？」

我覺得我的臉要爆掉了。

「小貓咪……」薔薇的手指滑過我的臉頰，停在嘴唇上，「快用你這可愛的小嘴，說你喜歡我吧。」

嗚嗚嗚嗚嗚嗚嗚嗚嗚嗚嗚嗚嗚嗚嗚嗚……！

「喔，選項出來了。」小八突然道。

隱形眼鏡傳來了選項：

①抱住其中一個人，然後說「我最喜歡的是妳」。

②露出後宮王的表情把手指撐在眉間，然後說「妳們，我全都……喜歡！」。

③放一個閃亮真誠的萌笑，然後說「最喜歡妳們了唷❤」。

……這三個選項都不太正常耶。①是愛的告白，②……什麼是「後宮王的表情」？後宮王是什麼鬼？後宮王會有什麼表情鬼才知道啊！③又是怎樣？根本是腳踏四條船還裝無辜的混蛋吧？

「吸管，選三。」小八道。

嗚……！是腳踏四條船還裝無辜的混蛋嗎？好吧，至少比後宮王的表情好。

「記住臉要微微側向一邊。」小八提醒。

我忍住抽搐的嘴角，壓下臉紅，將臉微微側向一邊，驅動我所有臉部肌肉露出一個盡量真誠閃耀的笑容，說道：「最喜歡妳們了唷❤」

四名牙印呆了呆。

「喔喔喔喔喔喔喔喔！這傢伙有天份耶！」向日葵驚呼。

「唔……！還、還算不錯。」小百合道。

「萌。」紫羅蘭道。

「小、小貓咪……這太太太太可愛啦啊啊啊——」薔薇拚命搓揉捏掐我的臉頰。

我的臉再度爆燃。可惡，我我我我我我真的不行了了了了了了了——

「咦？好感度怎麼突然急遽下降……」兔毛的聲音傳來。

轟！

一陣爆炸。

我本來就在角落無處可躲，只能抱住頭。

風壓散去後，我愣愣張開眼。

向日葵、小百合、紫羅蘭、薔薇都跌坐在地，和我一起怔怔看著廚房炸掉的主因——九世。

「好、好感度爆跌，變成七十九了！」狐裘驚喊。

「一、一口氣降了八……」鵝絨也道。

九世身上已變回了原先那套異行者黃紋黑長套服，手中緊握著鑲有蜂蜜色寶石的黑色長槍。他剛剛一定有把長槍射向廚房。

「九、九世……」我愣愣看著他。

九世仍然面無表情。

大約停頓了一分鐘後，他轉身走出這個房子，三兩下消失無蹤。

「……」

現場靜默了約莫三十秒。

「噗、噗哈哈哈——」小八的狂笑聲突然響起。

「天、天啊！好感度一次掉了八，總、總司令瘋了！」兔毛聲線顫抖。

「總、總司令！您、您沒事吧？我我我們之後還需要您卑劣的……不，壯烈的領導啊！

好感掉了八沒關係啦！七、七十九還是很多啊！」鵝絨道。

「總總總司令瘋了了了了了——」虎皮大姐吶喊。

「噗哈哈哈……我、我才沒瘋！這是因為——九世吃醋了。」小八道。

「咦？不對啊，總司令，妳不是說吃醋的話好感度會提升嗎？」兔毛問。

「沒錯。少許的吃醋，會讓人隱約察覺自己有多喜歡對方，的確能讓好感度提升。但是當醋意到達臨界點——」小八頓了頓，「反而會讓好感度急遽下降。」

「什、什麼？這……他這才不是吃醋！」我怒道，「只是因為你們把我塑造成花花公子，才會讓他一瞬間不爽我到極點吧！你們一定破壞了他心目中萊斯的形像啦！」

「哈哈哈哈哈哈……才怪！這就是吃醋！最頂級的吃醋啊！哈哈哈哈哈……」小八開心地宣布。

「妳……為什麼好感都掉到七十九了妳還這麼爽啊！」我悲憤地大喊：「給我認真點拯救世界啦啊啊啊啊啊啊——」

第十六章　這種時候應該啊哈哈哈來追我啊

THOSE ALIENS TASTE NOT GOOD AT ALL

「知道下一個階段的任務內容了吧？」小八的聲音從耳機傳來。

「嗯。」我應道。

今天小八也替我向學校請了公假。連請兩天公假，不知道違建會作何感想。

「等蜂蜜一出現，就帶他到東區的海灘地點 B-127，我們會在那裡全天候待命。」小八說道，「等你用電網限制他的行動之後，就是計畫正式開始的指標。確切施放電網的時機我們會再用耳機和你連絡。」

「好。」我應道。

「電牢球記得隨身攜帶，有帶著吧？」小八問。

「有。」我應道，摸摸口袋裡乒乓球大小的電牢球。只要一丟出去就能形成強力電網，能暫時限制住九世的行動。

「那麼，最後再複述一次任務綱要給我聽。」小八要求。

「帶九世到東區海灘地點 B-127，其間先聊天讓氣氛和緩，時機到時，在不被九世發現的情況下丟出電牢球施放電網限制他的行動。」

「然後？」小八又問。

「你們會派人作為一直追殺他的傢伙現身，用假超強量子砲準備轟他，這時候我就挺身為他擋。假超強量子砲只會造成皮膚外傷，不會有其他實質傷害，但是會看起來很嚴重。」

「嗯，接著是？」

「九世以為我為了救他差點犧牲生命，和他過去恩人萊斯的形象重疊，好感度一定會瞬間飆到九十以上。我就趁這個時候要求咬他，他一定會答應。」

「最後呢？」小八問。

「最後？咬下去，完成封印，就結束了啊。」我皺起眉頭。

「你還漏了最後一點、也是最重要的一點。」小八嚴肅。

「什、什麼？」我緊張地問道。電牢球使用注意事項？假量子砲發射程序？東區海灘地點 B-127 路線圖？

「求婚、結婚、和他入洞房。」

「……」我沉默，把耳機關掉十秒，打開。

「哈哈哈……好啦，開玩笑的。」小八說道，「你的表情太嚴肅了，這樣下去怎麼讓他敞開心扉？放輕鬆一點啦，吸管。」

我愣了愣，這才吁了口氣，用手拍拍臉頰，和緩一下臉部肌肉。

「小百合她們呢？」我問道。

「沒事沒事，別擔心。」小八說，「她們穿的可是超貴的防護器材呢。超、貴、的，超——貴——的——防護器材。身上連小擦傷都沒有。而且九世他……並沒有下重手，不然他可是會把整棟屋子包含整個北區都轟成廢墟喔。昨天他應該是忍耐了很久，最後忍不住爆發出來，又因為不小心毀了你的廚房感到非常愧疚，才離家出走。」

我嘆了口氣。

「還不是妳想看他吃醋，才讓好感度從八十七下降成七十九……」我埋怨道。

「哎呀，誰知道他愛你愛得那麼深，吃個醋也能突破臨界點？」我幾乎能看見小八攤手的模樣。

「妳還沒玩夠啊？」我翻了翻白眼。

「還沒。當然還沒。你們兩個還沒玩到床上呢，我怎麼可能夠？」小八即答。

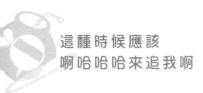

「……」我嘴角抽搐。

好，總之，現在的首要之務是找到九世，不是扳正小八扭曲的價值觀。

找到九世的唯一方法，幾乎就是等他自己出現……此時，我腦中突然浮現了夜空。對了！夜空一直都在暗殺九世，代表她一定有能找到九世的方法……不然她不可能有辦法從以前跟蹤他跟蹤到現在。

我立刻小跑步回家，一打開家門就喊道：「夜空——！夜空，妳在嗎？」

「當然在。主人，你好吵。」深藍短髮女僕猛地出現在我面前。

「哦、哦……妳在就好……等等，為什麼又是女僕裝？」我愣愣看著人形夜空身上穿的、很眼熟的女僕裝。這就是上次《少男❤女僕》封面上的那套衣服吧！是吧！

「我覺得主人逼迫我穿男裝是一件非常不道德又很變態的事。」夜空面無表情地說道。

「我、我我我沒逼妳穿男裝啊！只是穿執事服露得比較少，比女僕裝正常一點啊！」我澄清道，「不然就換一件正常一點的女裝嘛！」

「正常？」

「平常能穿的衣服。」

「電視上那種？」

「呃……」為免她故意換上節目裡主角在更衣室裡穿的內衣或比基尼套裝，我趕緊補充道：「電視上演員能真的穿著走在街上的那種。」

「好吧，主人。你真囉嗦。」語畢，她身上的女僕裝化回羽毛，逐漸組成另一件衣服——

「這、這這這這是什麼衣服啊！」我大驚。

「電視裡女生穿著走到街上的衣服。」夜空回答。

她身上穿的是半透明絲質超短洋裝，看得見底下的內褲和吊帶襪，腿上是兩管半透明的膝上絲襪……這、這根本就是情趣內衣吧！

「什麼節目會有女生穿這個走上街啊！別開玩笑了！」

「《深夜少婦街上豔譚》。」夜空答道。

……這怎麼聽都是深夜節目的標題。好，妳要穿深夜節目的常服是不是？是不是？

我……我！

……我輸了。

「妳……妳還是換回原本的女僕裝吧……」我掩面。

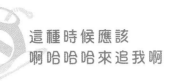

☆

「在北方。」夜空邊說邊跑。

「北方……妳怎麼能知道他在哪裡？」我不禁問道，氣喘吁吁地跟在她身後。

「你怎麼能不知道？」她皺眉反問，「聞味道就可以知道了啊，主人。」

「我沒有那種嗅覺……」

「你太弱了，主人。」

「……」

我和一個女僕在街上跑步，真的是非常顯眼的畫面，路人無不用震驚又詭異的眼光盯著我們。但夜空跑得很快，他們沒什麼時間細看就是了。

我們穿過市區，到了郊區，最後抵達了一片小森林。

暫時停下來休息，氣喘吁吁地撐著膝蓋恢復心跳頻率，就聽見夜空道：「他在那裡。」

我又喘了一會兒才順過氣，趕緊抬頭問道：「哪裡？」

夜空指著一棵大樹。

大樹距離這裡約莫一百公尺，我吸了口氣，走上前去。

走到樹下，我向上觀望，卻找不到九世在哪裡。可能是在一些枝葉的死角……我還是爬上去看看才行。

這棵大樹不愧是大樹，長在這裡說不定已經千年以上，難爬得很。我手腳並用努力了大約五分鐘，才向上前進了一公尺半左右。

就在幾乎想要放棄，尋找其他方法爬上去時，上方伸來了一隻手。

我愣愣抬頭，發現是那雙熟悉的蜂蜜色眼眸……

「九世！」我喊道，抓住他的手。

他輕易就把我提到了一邊的枝幹上。

「你怎麼會在這裡？」他問。

正在思考該怎麼回答，隱形眼鏡就傳來了選項：

①你一整個晚上沒有回來，我很擔心。

②在這裡，才能讓你看見我，看見我靈魂的全部。

③為了帶你去我倆愛的小天地呀❤

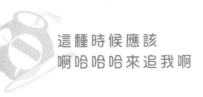

沒過片刻，小八就道：「第二個實在太不知所云，吸管，選一。」

我看向九世蜂蜜色的眼眸，低聲道：「你一整個晚上沒有回來，我很擔心。」

九世愣了愣，垂下眼。

「……廚房。」

我隱約聽見他說了些什麼。

「嗯？」我看著他。

「……我弄壞了你的廚房。」他仍然垂著眼。

他……！他竟然真的是在糾結自己弄壞廚房的事！這……這該怎麼說呢？他這副模樣，超像……

「超像做錯事的大狗啊！」小八喊道，「天啊，這傢伙未免也太可愛……」

「當初轟過七個美女出任牙印的異行者，竟然會有這麼可愛的一面……」鵝絨也陶醉地讚嘆。

隱形眼鏡又傳來了選項：

①廚房這種東西，不壞個一兩次，怎麼能叫廚房呢？

②沒關係的，那今天就已經修好了。更重要的是，你沒有受傷。

③這種東西用愛就能修好啦❤

廚房最好用愛就能修好……第三個選項果然都是來亂的。

「吸管，選二。」小八下令。

我吸了口氣，握住九世的手，說道：「沒關係的，那今天就已經修好了。更重要的是，你沒有受傷。」

九世怔忡，一雙蜂蜜色眼眸愣愣盯著我。

「哦哦，這個非常有效耶！好感度提升成八十了。」虎皮大姐道。

「吸管，趁現在邀他去海邊。」小八說道。「現在是下午，你可以邀他去等落日。」

接到命令，我微笑道：「九世，你去過海邊嗎？」

九世愣了愣，搖搖頭。

「那我們一起去海邊吧。我知道一個很不錯的地方，能看見最美的落日。」

看著我片刻，九世點點頭。

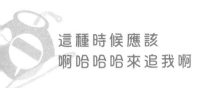

然後，我突然覺得周遭景色一晃。

嗯？

等到我發現時，我已經從離地約五公尺的樹幹上下來了。九世將我放下。

「嗚喔喔喔喔又是公主——」

啪嚓！我將耳機切掉。

「該往哪裡走？」九世問。

「東。我們去東區的海灘吧。」我微笑道。

★

東區海灘地點B-127，早已被CUP★LID淨空。別說閒雜人等，就連妨礙觀瞻的保特瓶或瓶蓋都找不到一個。

這裡的沙灘被打理得乾淨無比，似乎每一粒沙都在閃閃發亮。太陽斜掛在天邊，應該再沒多久就能稱之為夕陽了，鑲著日照金邊的浪花一層層打上岸。

「這個……就是海嗎？」九世看著眼前一望無際的水域。

「是啊。你以前的世界……法本卡恩，有海嗎？」我問道。

「曾經聽說在遙遠的西域，有一整片沒有邊際的水域。但是從來沒有人抵達過，前往那裡的人也不曾回來。」九世的視線放在遙遠的彼方。

「那麼……你們的河川呢？會通往哪裡？」我不禁好奇地問。

「會通往湖泊。」

「那麼湖泊呢？湖泊的水又會往哪裡去？」

「會被帶往下一條河川。」

「那麼……河川的盡頭呢？」

「沒有人見過河川的盡頭。」九世說道。

「沒有盡頭……真是難以想像。」我不禁說道。

「在來這裡之前，我也很難想像天空可以有那麼多種顏色。」九世說，「在法本卡恩，天空只有琥珀色，與夜晚的黑色。」

「琥珀色的天空啊……我之前的確聽你說過。」我在沙灘上坐下，享受微溫海風的腥鹹。

九世也在我身邊坐下。

「你也提過風裡的味道……是……『瓦涅』嗎？」我皺眉回憶。

「瓦奈。」九世道。

「瓦奈啊……那是一種什麼樣的氣味？」我問道。什麼樣的氣味能被人們稱為「母親」？或許那裡「氣味」的地位類似於這裡的「光」、「水」或「森林」之類的，這樣一來會被稱為母親也就比較能理解了。

「瓦奈並不是『一種』氣味。」九世說。

「瓦奈是河川的氣味，也是森林的氣息。是琉鬃的吐息，也是野兔的呼吸。瓦奈帶來了雨、果實、葉片、星辰，萬物的呼息與靈魂。」

九世的視線留在大海的另一端，蜂蜜色的眼睛映著些許斜陽的光輝。

我不禁也跟著他一起看向大海彼方，想像法本卡恩的樣貌。黑色的草原，琥珀色的天空，沒有盡頭的河川，走不盡的西域，傳說存在於大陸彼方的海洋。

「那一定是個……很美麗的地方吧。」我說道。

九世收回視線，眼中透出一絲複雜情緒：「……曾經是。」

我沉默下來，周遭只剩下海浪沖刷沙岸的聲響。

「吸管，好感度八十二，準備好電牢球。」小八的聲音響起，拉回我的思緒。

我不著痕跡地摸向口袋裡的電牢球。

電牢球能施放出極強的電網，成為囚牢暫時限制目標的行動範圍。就連破壞指數超過九百的九世都能被制住。縱然威力如此強大，電牢球卻有著限制——必須手動丟擲，否則在發射過程中就會因金屬快速摩擦而干擾電力。

因此，丟擲電牢球展開電網的工作，只能由我來執行。其他人無法在不被九世發現的情況下接近，若是離得太遠，也無人擁有那麼強的臂力。且若是用投石器之類的工具，電牢球在空中停留過久，也會因風壓而電力耗盡。投擲範圍最遠只能十五公尺左右。

由於是如此嬌弱的武器……或說禁制器，因此即使效力強大，也很少有機會能夠使用。

「隨便說點什麼分散他的注意力，然後丟出電牢球。」小八下令。「小心別讓他發現，不然計畫就泡湯了。如果有什麼突發狀況，我們會在四秒內派出支援。」

我掏出電牢球，暗自咬牙，做好準備。

「九世，法本卡恩的夕陽……是什麼顏色的？」我將視線放在遠方，用餘光注意他的行動。在他也看向遠方時，用最小的動作丟出電牢球——

滋轟！

我向後跌開，九世周身展開了一座強力電壓形成的電網。肉眼看得見的電滋滋作響，形成一座類似鳥籠的囚牢。

第十七章 網得住你的身，卻網不住你的心★

THOSE ALIENS TASTE NOT GOOD AT ALL

九世愣了愣，看著周身電流形成的囚牢。他伸手試探，一陣電光閃現，伴隨著啪嚓聲，他的手指前端焦裂，蜂蜜色的血液滴落。他仍然面無表情。

這……沒、沒想到電牢球還真的有用，我從沒想過九世能被制住。

仍呆呆盯著被電牢囚禁的九世時，一旁的海面升起了一座CUP★LID的兩棲鑑E-17。從裡面走出來了一排身著重裝的抵禦部戰士。

「嗡——嗡——嗡——」一陣鳴笛聲自兩棲鑑E-17傳來，然後是一陣機械性的廣播：「異行者編號七九一，代號『蜂蜜』——異行者編號七九一，代號『蜂蜜』——世界失序的元兇，將即刻予以抹除——」

我這才回過神，趕緊站起身，照演練時對好的臺詞朝兩棲鑑E-17喊道：「等……等等！住手！不許傷害九世！」

兩棲鑑E-17的鳴笛聲中斷，接著是一陣沙沙聲，最後響起一陣不知由誰配音的冰冷男性嗓音：「擋在編號七九一異行者前方的民眾，請讓開。我們的目的是抹除異行者，恢復世界秩序，而非傷害普通民眾。為保障你的人身安全，請盡速離開東區海灘地點 B-127。」

我向前了一步，喊道：「我是希管．德古拉，出任牙印之一！九世的行為從交任給我之後一直都在取締標準之內，你們無權擅自執刑……」

「出任牙印希管．德古拉，昨日傍晚北區一起爆炸案顯示超量的破壞指數，以及無法掌控其行蹤超過十二小時。為免造成更多損害，上級已下令抵禦部隊 RS-3 執刑。」啵嚓，廣播停止。

「怎……怎麼會……」我往後退了一步，「那只是一次小失誤，不可以因為這樣就剝奪九世的生命……」

「出任牙印希管．德古拉。你口中的一次『小失誤』，即造成了一二七的破壞指數。若是接下來發生一次『失誤』，會毀損的將不只是一間廚房，而是整個北區。你口中的失誤是以全世界的安危為賭注，這份危險性上級已無法承擔，你亦然。請讓開，希管．德古拉。」又是廣播結束的啵嚓一聲。

這……這個人演得真好啊！我不禁打從心底佩服，那語調裡的冷酷與蔑視，真實得彷彿不是演技。

被他的演技嚇到，讓我面露震驚，和接下來要說的台詞配合起來剛好，我趕緊回過神喊道：

「不……不行！你們不許傷害九世！這樣任意剝奪異行者的生命是不對的……他們和我們一樣都有感情、會痛苦也會歡笑啊！」

事實上，就是因為我們世界現有的軍武根本無法徹底殺死異行者，最多只能讓他們重傷，才會造成要靠戀愛遊戲攻略他們的局面。不過九世當然不知道這點，所以我們可以盡情照著小八的劇本演。

兩棲鑑 E-17 的廣播沉寂了一陣子，才又響起：「希管．德古拉，如果再不離開東區海灘地點 B-127，我們會將此事呈報，由上級評估處理。」

「除非你們放開九世，否則我不會離開！」我喊道。

兩棲鑑 E-17 的廣播沉寂了約莫兩分鐘。

「希管．德古拉，上級指示已下達。若是再不離開，會將你與異行者一同抹除。」

我沉默。

「第二次警告，上級指示已下達。希管．德古拉，若是再不離開，會將你與異行者一同抹除。」

我沉默，仍然站在九世的電牢旁。

廣播沉寂了片刻，才響起：「準備T-4量子砲。」

兩棲艦E-17上方緩緩升起一架巨口量子砲，通體墨黑，看起來非常具有威脅性。

哦哦，這做得真不錯，看起來就能把人轟爛。

接下來又變回剛開始那種機械性的廣播：「T-4量子砲裝填，百分之二十七、百分之五十九、百分之八十六、百分之九十九……」

我走到九世的電牢前方，擋在他與量子砲之間。

「發射準備倒數。十、九、八……」

量子砲口蓄積起一陣藍光，蓄勢待發的能量看起來很具有威脅性，比真的量子砲看起來還像量子砲。

「七、六、五、四……」

我張開雙手，讓自己阻擋的面積看起來大一點。

「三、二、一……」

砲口的藍光因越來越亮而轉白，一瞬間周遭像是失去了聲音。

好，據小八所說，接下來只會感覺皮膚痛一下，就會出現看起來很嚴重的外傷，因為這種量子砲用的光對牙印的皮膚具有一定程度的殺傷力。其實只是會有點痛，造成的傷口復原速度變得和正常人類一樣，影響大約只有這些。

我要做的，就是盡量表現出非常非常痛的樣子，感覺要被這些光照死了，就像電影裡演的吸血鬼照到陽光一樣……當然不是《齒光之城》裡那種，是一般吸血鬼電影裡的那種。

量子砲發射，我因強光而閉上眼，準備好表情，要做出痛不欲生的演技……

啪嚓！滋滋滋——

一陣巨響，我只覺得自己突然被一股力量壓到地上，接著就是一種刺鼻的焦味和血腥味。

我睜開雙眼。

四周被量子砲的強光模糊。我能看見的只有九世用身體護著我。

量子砲的強光散去，我才終於能抓回自己的神智，愣愣道：「九……九世？」

怎、怎麼可能？他剛剛不是在電牢裡嗎？那電牢的電流威力那麼強，怎麼可能逃脫……雙眼能聚焦之後，我才看見九世的模樣。皮膚因電流多處焦裂，傷口凝著一層蜂蜜色的鮮血。我剛剛聞到的焦味，來自於他的皮膚。

「九、九世！」我嚇了一大跳，趕緊移開他護住我身體的手，爬起身跪坐在地，小心翼翼地扶起他的背。

他的雙眼緊閉，額上和嘴角不斷淌下深蜂蜜色的血液。他的黃紋黑長套服多處碎裂，黃色紋飾也成了黑色。

「天啊……」我不禁喃喃道。在他身上，幾乎找不到一處完整的皮膚。

他竟然……就這樣衝破了電牢？那電流的強度……別說大象了，甚至能電死七頭抹香鯨。

這殺不死他，但是足以讓他嘗到全身被鈍刀剜下一層皮的痛苦，也造成幾乎如此或更甚之的傷害。

和劇本裡不一樣啊！應該要在我替他擋下攻擊之後，解開他的電牢，他來檢查我傷勢的時候，我表現出快死的樣子……現在為什麼完全相反了？

「這到底是怎麼回事！」我壓著耳機咆嘯道。

「這……沒有人想到他會直接用肉身突破電牢……」小八回答，語調中也帶著震驚。

「那就快派人來啊！」我喊道。

「現在……滋滋……恐……怕……滋滋……」兔毛的聲音消失在一陣雜音中，我的耳機就沒聲音了。

「小八？小八！」我焦急地喊，卻沒有任何回應。

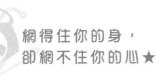

我惱怒地拆下耳機，扔到一旁的沙灘上。

「……咳……」一陣咳嗽，我趕緊看向九世，扶好他的肩膀。

「九世！你沒事吧？」我看著伴隨咳嗽湧出來的血，與九世因痛苦而緊皺的眉頭。

他微微撐開蜂蜜色的眼眸，就這樣維持了一會兒，才找到焦距般地看向我。

「……活……著？」他用乾裂的嗓音擠出這兩個字，蜂蜜色的雙眼看著我，艱難地抬起手想確定我的存在。

「活著！活著，我還活著！你先別動！」我趕緊握住他的手。

他被我握住的手緊了緊。

「這次……總算……」他牽動了一下嘴角，像是笑了。

我只能看著他，動了動嘴唇，卻不知道該說些什麼。

他閉上眼，再睜開時，看的是懸在海面上的夕陽。

夕陽的光輝映在他蜂蜜色的眼眸裡，也將海面與天空都染成了琥珀色。

他看著琥珀色的天空，輕聲道：「法……本……卡恩……」說完這四個字，他緩緩閉上雙眼。

我從他微微起伏的胸口才能確定他還活著——即使我知道電牢殺不死他。

我也看向夕陽。

夕陽將整片天空，染成了法本卡恩的顏色。

那裡琥珀色的天空，就是這樣的景色嗎？那麼，法本卡恩一定是個非常美麗的地方吧。彷彿能永遠留住夕陽，留住黃昏。

我聽見沙粒摩擦的聲音，知道有人走了過來。

夜空走到我面前，右手變成一隻閃著鱗光的巨爪，金色眼眸冷冷看著九世。

「主人，請你放開他。」夜空嗓音平板。

我將昏迷的九世抓得緊了一些，抬眼看著夜空。

「現在，是我替他報仇的唯一機會。」夜空金色的眼眸直直看著我，巨爪將沙灘刮出三道傷口。

我看著夜空，輕聲道：「萊斯……」

聽見這個名字，她不自主地僵了僵。

「……他不會希望妳這麼做的。」

夜空瞳孔一縮，喊道：「閉嘴！你又知道什麼！」

「我知道。」我仍然看著夜空，目光不顯露絲毫退縮。

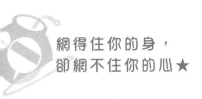

夜空愣了愣，一時間不知該如何反駁。

「他犧牲了自己拯救九世，他不會希望妳讓他的犧牲白費。」

夜空咬了咬牙，「就是因為這樣……就為了這個傢伙……奪走了我最重要的人！為什麼……為什麼是他犧牲！」她吼道。

「因為他知道，如果是九世，會做出和他一樣的選擇。」

「你怎麼知道……」夜空的低吼，在我看向九世佈滿傷痕的臉時停下。

夜空表情緊繃，陷入沉默。

「夜空。」

「請你放開他。」

「夜空……」

「請你放開他！」她吼道，嗓音如負了傷的野獸。

「萊斯不會希望妳的雙手染上鮮血。」我看向她濕潤的金眼，「那是他的選擇，不是妳的錯。妳不必承擔，也不必對這個無可避免的悲劇負責。」

夜空怔忡，金眼微微睜大，往後退了一步。

她的身軀微微顫抖，手上的利爪收回，向後跌坐在沙灘上，猛地變回覆滿羽毛的深藍色小生物，大哭出聲。

深藍色小生物不斷哭著，直到風的冷意吹來夜晚，直到夕陽緩緩沉入海面。

★

清晨的天空是灰濛濛的白色。

當小八終於派人來時，我還一直待到快天亮才離開。因為不想那麼快回到家，我從東區海灘一路步行回家。

街道兩旁的路燈要亮不亮的，膠著在夜晚與白晝之間。我掏出從海灘上撿回來的電牢球，端在手裡細看。

或許是因為九世硬闖出去的原因，電牢球的電力徹底被耗光，表面還略呈焦色，看樣子是不可能再被使用了。

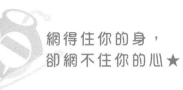

當初是我們設下的圈套，為了要將九世的好感度提升到九十以上。九世在這期間完全沒有傷到任何人。

雖然剛開始還未習慣控制力量時，曾砸壞機器或是傷到抵禦部的傢伙，但在那之後他一直都在努力控制，甚至主動要我咬他……雖然對於咬了他會減弱他的能力這點，我並沒有明說。

我們為了將他的好感度提升到九十，卻利用他過去的傷痛設了局，用鈍刃揭去他的傷疤。而他在流血的同時，關心的卻是我們的刀刃是否有刮傷。

我看著手中冰冷的電牢球。當初是我丟出這顆電牢球……九世被電網傷得體無完膚，卻仍衝出電牢護住我。

即使他是將我看成萊斯的倒影……我拋起手中完全沒電了的電牢球，連續拋接幾次。

叩咚！

失手漏接，電牢球滾落地面。

我愣了愣，想追上去撿，就見電牢球滾到一個人腳邊。

那個人撿起電牢球，拿在手中觀看。我抬頭，看見他有著一頭白髮，頭上有兩搓翹得很特別的頭髮，戴著一副冰藍色頭戴式耳機。

我愣了愣，片刻才反應過來：「啊……那是我的，不好意思……」

他冰藍色的眼睛從電牢球移開，看向我。一會兒才走過來，將電牢球交給我，並未停下腳步，往我身後離去。

正覺得疑惑，掌心卻突然一刺，像是被靜電刺到，我不禁再次失手摔下電牢球。

電牢球撞上地面，猛地向上爆出一道冰藍色電柱，幾乎是直通天際，冰藍色的電光讓我驚嚇得往後跌坐在地。

大約五秒後，有三人環抱那麼粗的電柱才逐漸減弱，最終只留下燒焦的石地和中央一顆幾乎化為粉末的電牢球。

我呆坐在地大約兩分鐘，才逐漸回神，趕緊起身往後方看，剛剛戴耳機的白髮男人卻早已消失無蹤。

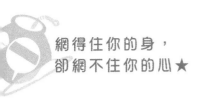

第十八章　哪裡有賣正常的妹妹麻煩告訴我

THOSE ALIENS TASTE NOT GOOD AT ALL

今天一早醒來，還沒睜開眼睛，就感覺到身旁有人。

啊，一定又是夜空吧。從之前的海灘事件之後已經五天了，即使九世在CUP★LID治療，她還是完全賴在這裡不走。

我睜開眼。

「希管，早。」九世說道。他躺在我旁邊。

「九、九九九九九九九……九世？！」我大驚，立刻跳起身，「你……你的傷不是……」

「我的傷已經好了。」九世說，「CUP★LID的人跟我說過了，他們說你現在可以咬我了。」

「CUP★LID的人跟你說過……不對，你怎麼會睡在我旁邊？」

「他們說這麼做會對事情有幫助。」

會對事情有幫助……會對什麼事情有幫助啊！你被拐了啦！

「希管，請咬我吧。」九世坐起身，蜂蜜色的眼眸認真地盯著我。

我嘆了口氣，沉默片刻，說道：

「不要。」

★

「吸管，你到底在想什麼啊？！」司令部裡，小八拍桌。

我嘆了口氣。就知道來司令部會有這種發展。

「他都說要你咬了，好感度也在海灘那天就九十七了，你為什麼還不咬？」小八再度拍桌。

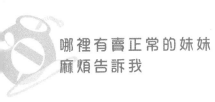

「我不要。」

「你……你不要？！你……你這傢伙……」小八氣得快昏倒，「那CUP★LID該怎麼辦？地球該怎麼辦？好感度九十七了，只有你才能咬啊！」

我只是沉默，看向一邊，隨後道：「那天的白髮男找到了嗎？」

「你不要轉移話題……」小八扶住額頭嘆了口氣。「我說，當天地上的確有很大一片焦痕……但不是把電牢球交給你的人搞的鬼，只是電牢球漏電！」

「我確認過了，在那之前電牢球完全沒有電。」

「天啊！難不成有會走路的行動電源嗎？做成白髮男人的樣子，戴著耳機，說不定耳機還是發電器，我現在才知道呢！」小八誇張地喊道。「你別再糾結這件事了，不然我只會覺得你是為了現在這種狀況，才會在當時就拿電牢球炸地面，好分散我的焦點。」

我嘆了口氣，轉身離開。

「等等！我說吸管……可惡！」

小八一彈手指，司令部的金屬門就在我面前關上。

我沉默，只好轉身面對她。

「你到底是怎麼了？為什麼突然就不咬了？他沒有狂犬病也沒有ＡＩＤＳ啊！」小八緊盯著我。

我只是將視線移開。

司令部的智囊團們都很識相地在小八找我來的時候出去了，他們肯定在我來之前就被總司令遷怒砲轟過一回。

「吸管！」小八又是一拍桌，「這可是關乎世界存亡！」

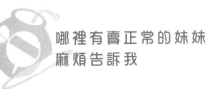

「才不是。」我低聲道。

「什麼？」小八皺起眉頭。

「就這樣放著，九世他也不會攻擊人啊！他又不是沒有行為能力的嬰兒，更不是沒學習能力的屢次前科犯，為什麼要用這種對待重度傷人傾向精神病患的方法對他？」我說道。

小八愣了愣。

「吸管，這樣下去會違反聯邦法。你也知道CUP★LID的規則……」

「我知道！」我喊道，「所以我退出CUP★LID總行了吧？」

小八看著我。

「之前那次就夠了……我不想再傷害他或利用他，無論是基於哪種理由。」我轉身面對金屬門，在上方的節點觸碰了幾下，電子鍵盤出現，我打了一串密碼。

金屬門開啟，我走出司令部。

「好，吸管……」小八嘆了口氣，聲音聽起來很是疲憊，「我知道你的決心了，你沒必要退出CUP★LID……總之，後續處理交給我吧。」

★

一打開家門，九世就站在門口。

「你回來了。」九世說道。

「九世……」我看著他，「你之後可以不必待在這裡。你要去哪裡都行，只要不刻意搞破壞，也不被CUP★LID的人發現就行。」

九世看著我。「你不咬我？」

「九世……」我深吸了口氣，「CUP★LID會要我咬你……是因為這樣能封印你的能力，削弱你的力量，讓你變得跟這裡的普通人類差不多。」

九世蜂蜜色的眼眸盯著我，「我知道。」

我愣了愣。「你知道？」

「他們有跟我解釋。」

「他們……有跟你解釋？那……那你怎麼還要我咬你？」

「在這個世界，那些力量並不是必要的。而且那不是讓能力完全消失，只是暫時壓制住吧？」

「是……是沒錯……」

「這麼做能讓我不會被追殺，也能讓我以正常人類的身分在這裡生活？」

「是……是啊……」

「那麼，請咬我吧。」九世很認真地盯著我。

哦……哦……哦……天啊！這是怎麼回事？他竟然自願被封印？他是被 CUP★LID 洗腦了吧？是被小八洗腦了吧？如果是這樣，我就更不能咬了，根本就是惡意詐欺。

於是我答道：「不行。」

九世看著我，表情看起來似乎有點失望。這傢伙到底搞什麼啊？太詭異了，一定是被洗腦。

沉默了一會兒後，九世才道：「那……可以讓我在這裡再待一天嗎？」

看他那副雖然面無表情但是就是感覺有點失落的模樣，我只好答道：「……可以。」

我直接走上樓，靠在床邊，閉眼吁了口氣。

啊啊——最近發生太多事了，腦袋實在應付不過來啊。

閉目養神一陣子，開門聲，我睜開眼。

是九世走了進來，手中還端著兩杯柳橙汁。

「你……看起來很累，我想你或許需要補充一點水分。」他將其中一杯柳橙汁遞給我，蜂蜜色的眼眸裡充滿擔憂。

我接下柳橙汁。

「哦……謝、謝謝。」

這傢伙真的越來越厲害了，什麼東西放哪裡都知道，竟然還會替我端柳橙汁上來。他不是一國的王子嗎？啊，對了，後來他就當了僱傭兵……還成了僱傭兵團長。不對，這也無法解釋他為什麼習慣這裡的生活習慣得這麼迅速……是因為電視嗎？是因為電視吧？好吧，這就可以解釋了。

我一口將柳橙汁喝光。

「你之後還是少看點電視好了，不然很可能會變成……」我的書櫃怎麼好像離我越來越遠？

「電視……兒……童……」我喃喃道。陷入黑暗前，隱約間看見九世拿起了一個筆型裝置，按下按鈕。

啊啊……我徜徉在一整片蜜海裡，糖分高得能讓我輕易漂在水面上。我仰躺在蜜海上，看著蜂蜜色的美味天空……啊！那朵雲看起來好像拿鐵可可碎片……那朵雲像鮮奶油巴奇，旁邊那朵像抹茶紅豆加黑糖麻糬蛋……哦！這朵像蜂蜜雪莓，再另一朵像牛奶酪梨……啊！當然，還有最好喝的水蜜桃公主！

我潛進蜜海裡，每一口海水都甜得讓我心跳加速。

天啊！我從沒喝過這麼好喝的海水……不，應該說我從沒喝過這麼好喝的飲料！實在太美味了，夠甜！而且溫度剛好——

迷茫間，我睜開眼睛，看見九世的臉。

哦，九世也來這裡喝海水啊……沒關係，反正海這麼大，夠我們喝。

嗯？小八怎麼也在？

好吧，海水應該夠我們三個人喝……

等等，那是小八的副官、虎皮大姐、兔毛、鵝絨、狐裘、狼毫、蜥鱗和鬍子拖地老頭嗎？

糟了，這麼多人，海水說不定會不夠喝——

我猛地睜大雙眼。世、世界上哪來的蜜海啊？

我這才發現，我全身被緊緊綁在類似手術台的東西上面，而我嘴巴裡塞著很好喝的……

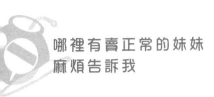

九世的手臂。

九世那雙蜂蜜色的眼眸很認真地看著我，小八站在他旁邊，挑眉看著我。手術台邊圍滿一群人，副官、虎皮大姐、兔毛、鵝絨、狐裘、狼毫、蜥鱗和鬍子拖地老頭。

「唔……？」我想問，這才想起很好喝的九世的手臂還在我嘴裡……等等，很好喝的九世的手臂在我嘴裡？幹！幹幹幹幹幹幹幹幹！

我這時才發現剛剛覺得很好喝的蜜海水，就是九世的血。

「嗚！唔唔嗚嗚嗚！嗚嗚……」我扭動身體想掙脫，或是鬆口放掉九世的手臂，他們卻把九世的手也固定在我嘴上，怎麼也掙脫不開。

「哼哼哼哼哼……」小八冷笑，「別再想辦法掙脫了，生米已經煮成熟飯啦！」

靠！我這才釐清昏沉的腦袋，搞清楚是怎麼回事。

這傢伙……這傢伙……這傢伙竟然讓九世給我下藥！天啊！有沒有這麼賤的啊！竟、竟竟竟然用下藥！還要九世下手！猜到我肯定懷疑她給的飲料，所以要九世下手嗎！

「嗚！唔嗚嗚！」我忿忿瞪著她，用力扭動身體。

「哎呀呀，哥哥，你好像想說些什麼呢。」小八露出善良的笑容，稍一抬手，副官就替我拆下固定的軟裝置，並拿開九世的手臂。

九世的手臂一離開我的嘴，咬痕處就一閃，出現了一枚蜂蜜色的星形印記。

「妳、妳妳妳妳妳、妳妳妳妳妳妳妳妳……」我一時間只覺得所有震驚和憤怒都衝向腦門，也不知該罵小八什麼。

「哎呀呀呀，我怎麼了呢？親愛的哥哥。」小八無辜地盯著被綁在手術台上的我，「誰叫你這麼婆婆媽媽的，我只好來硬的囉。」

「妳、妳妳妳……幹！幹幹幹幹幹幹幹幹幹……」

「哎唷，哥哥啊，你怎麼這麼髒啊？醒來說的第二個字就是在飆髒話。」小八嘖嘖了兩聲，非常不認同地搖搖頭。

「就是說啊，吸管。這裡還有一百五十公分以下的人在呢。」狐裘看向兔毛。

「喂！我已經成年了！早就成年了！」兔毛憤怒地喊，「吸管，都是你髒！你太沒品了！」

「哇，第一次聽人在兩秒內說這麼多個幹……」虎皮大姐驚嘆。

「沒想到吸管是個這麼沒格調的人……」鵝絨佯裝拭淚。

「太髒了。」狼毫道。

「呵呵呵。」老頭笑。

「你……你們……你們還說我髒！你、你你你們下藥迷昏我，強強強迫我……誰才髒啊！誰才髒啊！」我氣急敗壞地在手術台上叫囂。「可惡！還不快放開我！」

「不過就是喝個血，講得和被強暴一樣……」小八露出鄙視的表情輕蔑的笑容。

「誰誰誰誰誰被……」我相信我一定氣得滿臉通紅，「可、可惡！太過份了！竟然就這樣擅自完成封印……」

「……抱歉。」九世垂著眼簾，突然道。

我愣了愣，看向他。

「因為總司令猜到你會拒絕，所以在送我回來之前就給了我一包藥，說如果你去找完她還是執意說不咬，就在你的果汁裡下藥，等你昏迷後，再用發信器通知她。」九世仍然垂著眼，臉上雖然面無表情，但能感覺得出滿滿的歉然。

咦！什麼！在把九世送回來之前就預先知道我會拒絕了嗎？小八這傢伙到底是怎樣啊！

「哎呀呀，沒辦法，我猜到你會對他動真情嘛。」小八攤手，搖搖頭嘆了口氣，「當時在海邊就有預感要順其自然發展，所以才臨機應變把通信器關了，沒想到果然成效不凡。」

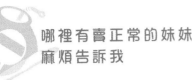

什麼！原來當時不是故障，是故意嗎？這、這這這這……難怪原本說四秒趕到，最後卻是一小時才趕到！原來是看情況發展得差不多了才來救援嗎？太、太太太……太過份了！

「既然第五世界聯邦把攻略異行者的責任交給我們，而不是MUG（軍事利用管理局）或TUB（異界審查局），我們就得好好完成封印……畢竟，如果任由你繼續下去，不只中防局，就連『技術上而言並不存在』的聯檢局也會盯上我們。」

「哎呀呀，只是沒想到後來找你來司令部問話，也是成效不凡……我的直覺果然精準啊！」小八嘖嘖了兩聲，非常佩服自己地搖搖頭。

「來司令部問話也成效不凡……？」我皺眉反問。在司令部問話哪有什麼成效了？我不是明確地拒絕她了嗎？

「哎呀呀，當然是成效不凡……」小八陶醉地閉眼，從口袋掏出一個手掌大小的螢幕，按下播放鍵：

「就這樣放著，九世他也不會攻擊人啊！他又不是沒有行為能力的嬰兒，更不是沒有學習能力的屢次前科犯，為什麼要用這種對待重度傷人傾向精神病患的方法對他？」

「吸管，你也知道CUP★LID的規則……」

「我知道！所以我退出CUP★LID總行了吧？」

「之前那次就夠了……我不想再傷害他或利用他，無論是基於哪種理由。」

「哦——」智囊團一致發出曖昧的長音。

九世看著螢幕，表情難得會顯露出驚訝。

小八表情奸詐又邪惡，又按了一次分段循環重播鍵：

「之前那次就夠了……我不想再傷害他或利用他，無論是基於哪種理由。」

「之前那次就夠了……我不想再傷害他或利用他，無論是基於哪種理由。」

「之前那次就夠了……我不想再傷害他或利用他，無論是基於哪種理由。」

「之前那次就夠了……我不想再傷害他……」

「啊啊啊啊！夠了！妳到底想重播幾次啊！」我在手術台上掙扎，固定器卻捆得死緊，怎麼也掙脫不開。

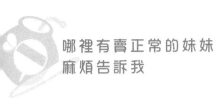

「無、限、次。」小八表情嚴肅。

我差點在手術台上腦血管爆掉昏厥過去。

「希管……」九世蜂蜜色的眼眸認真望著我，「我也不會讓任何人傷害你或利用你。」

他將右手貼上胸口，單膝下跪，垂眼道：「以賽維德．九世．路德維希之名起誓——我將作為你的盾，謹守這份諾言——直到生命終結。」

我愣了愣。「九世……」

「哦——」周遭又是一陣曖昧的長音。

「這根本就是告白啊！」鵝絨喊道。

「交、往！交、往！交、往！交、往！交、往……」

「希——管和九世，玩親親！玩親親！玩親親！玩親親！玩親親！玩親親……」

我嘴角抽搐。

「你們這些傢伙……」我深吸了口氣怒喊：「快點給我去認真工作啦——」

第十九章　這一定是個通往正常生活的里程碑

THOSE ALIENS TASTE NOT GOOD AT ALL

陽光明媚、藍天晴朗，風和日麗的完美日子。

我在早晨的陽光下滿足地伸了個懶腰，滿足地向學校走去。

九世的能力被封印之後，就被送到 CUP ★ LID 為他準備的安置住所去了，我們家裡只剩下夜空這個食客。

啊！這個事件解決之後，我終於能回歸正常生活，好好當我的智囊團，不必和男人約會、和男人調情、被誤會成同性戀、被小八任意玩弄於股掌中了！

正常生活果然是最美麗的。

解脫之後，我終於能心懷感恩地上學，擁抱往後正常而美麗的生活。

因為我早早就出門了，甚至還有時間在路上繞到 CUP ★ LID 中樞去點了一杯水蜜桃公主。

拿著水蜜桃公主進校門，主校舍上的浮空電子鐘顯示，離第一節課開始還有二十五分鐘呢！啊！多麼美好的早晨！我要在這二十五分鐘之內慢慢享用美麗的水蜜桃公主。

我踏著歡快的步伐跳進校社，換上室內鞋，再歡快地跳上樓梯，歡快地開門走進教室。即使同學用有色眼光看我，我也絲毫不在乎——之後有的是正常的時間和他們解釋我的正常，何必急於一時，打破我現在享用水蜜桃公主的好心情呢？

砂金竟也難得地早到，真是讓我跌破眼鏡。他坐到我隔壁桌上，挑眉道：「聽說你和九世昨天已經生米煮成熟飯互許終生以結婚為前提交往還當眾玩親親了？」

我眉頭一跳，心底湧現一股殺意，但我仍心胸開闊地將它壓下，滿不在乎地道：「隨你怎麼說。」

什麼時候被扭曲成這樣了？誰和九世生米煮成熟飯互許終生以結婚為前提交往還當眾玩親親啊？砂金到底是怎麼聽說的？我在心底翻了個白眼，喝了口水蜜桃公主。

哦哦哦！好喝！果然好喝！水蜜桃、椰果、聖代和奶茶完美地共舞，成為一場獻給美好未來正常生活的華麗華爾滋！夠甜啊！

哈哈，我之後就要迎接我好不容易回歸的正常生活，砂金要怎麼說就隨他去吧，這世界也不差他一個笨蛋。

砂金挑眉，興味富饒地看著我，「哎唷，心情很好嘛。果然有什麼喜事？不會是懷孕了吧？不對啊，你又沒孕吐。」

「誰懷孕啦。」我翻了翻白眼。「是因為我終於回歸的正常生活。」

「哦，終於回歸的正常生活是吧——」砂金拖長了尾音，語調詭異。

我不禁皺起眉，狐疑地看向他。

「哎呀，你覺得是就是吧。」他攤手，走回座位。

「各位同學，咳，到位置上坐好。」違建突然走進教室。

剛剛敲的是預備鐘，又不是上課鐘，他這麼早來做什麼？不對，今天是星期二，早上第一節根本就不是他的課，他沒道理一副跩樣蹬進教室……

「肅靜，咳。」違建用光筆敲了敲黑板。「我最注重的就是紀律和威信，咳。之前也提過，你們誰要是得罪我，咳，我三年都不會讓你們好過，之前有一個就是這樣被退學的。」

全班都不明所以地看著他，不知道他這麼早就來班上廢話做什麼，下一節也不是他的課。可能是又被女人甩了吧，才要找班上同學遷怒一下。這是班上一致的推測。

「然後今天呢，咳，有個新成員會加入教授我的班。相信你們一定會好好告訴他我的戒律，咳，還有我的底線和警告。別讓你們的新同學因為無知就得罪我，惹得他撐不到畢業。」

新同學？我愣了愣。

該不會是我之前隨意許的關於正常生活的願望成真了……有個美少女轉學生要來我們班就讀？天啊！我美麗的正常生活就要這麼轟轟烈烈地開始了嗎？

我緊張得將水蜜桃公主喝到見底。

違建用刺眼的黃色光筆，在黑板上寫了幾個和他一樣佝僂的發光字體，朝門口道：「進來吧。」

一抹熟悉的身影走入教室。

「這就是你們的新同學，咳，賽維德．九世．路德維希。」

九世蜂蜜色的眼眸看著我，朝我露出微笑。

我手中的飲料杯摔落地面。

全班同學順著他的視線看向我，表情扭曲而詭異。

《第一集完》

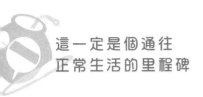

國家圖書館出版品預行編目 (CIP) 資料

那群外星攻一点也不好吃：蜂蜜黑王子／佐耶魯著.
-- 初版. -- 臺北市：奇異果文創, 2014.08
面；　公分. --（輕物語；1）
ISBN 978-986-90227-8-1(平裝)

857.7　　103013805

輕物語 001

那群外星攻一点也不好吃（一）：蜂蜜黑王子

作者：佐耶魯
封面&內頁插畫：沙夜
美術設計：舞籤
責任編輯：張傑凱

總編輯：廖之韻
創意總監：劉定綱
行銷企劃：宋琇涵

法律顧問：林傳哲律師／昱昌律師事務所

出版：奇異果文創事業有限公司
地址：台北市大安區羅斯福路三段193號7樓
電話：（02）23684068
傳真：（02）23685303
網址：https://www.facebook.com/kiwifruitstudio
電子信箱：yun2305@ms61.hinet.net

總經銷：紅螞蟻圖書有限公司
地址：台北市內湖區舊宗路二段121巷19號
電話：（02）27953656
傳真：（02）27954100
網址：http://www.e-redant.com

印刷：永光彩色印刷股份有限公司
地址：新北市中和區建三路9號
電話：（02）22237072

初版：2014年8月6日
ISBN：978-986-90227-8-1
定價：新台幣230元